身体的隐喻

赵彦 著

南方出版传媒
花城出版社
中国·广州

图书在版编目（CIP）数据

身体的隐喻 / 赵彦著. -- 广州：花城出版社，2021.11
ISBN 978-7-5360-9387-4

Ⅰ.①身… Ⅱ.①赵… Ⅲ.①随笔－作品集－中国－当代 Ⅳ.①I267.1

中国版本图书馆CIP数据核字(2021)第164123号

出 版 人：	肖延兵
策划编辑：	朱燕玲　李倩倩
责任编辑：	许泽红　李嘉平
技术编辑：	凌春梅
封面设计：	姚　敏
封面供图：	关　山

书　　名		身体的隐喻 SHENTI DE YINYU
出版发行		花城出版社 （广州市环市东路水荫路 11 号）
经　　销		全国新华书店
印　　刷		佛山市浩文彩色印刷有限公司 （广东省佛山市南海区狮山科技工业园 A 区）
开　　本		880 毫米×1230 毫米　32 开
印　　张		7.125　　1 插页
字　　数		120,000 字
版　　次		2021 年 11 月第 1 版　2021 年 11 月第 1 次印刷
定　　价		39.80 元

如发现印装质量问题，请直接与印刷厂联系调换。
购书热线：020-37604658　37602954
花城出版社网站：http://www.fcph.com.cn

肉体是掉入静水中的沉重的石块。灵魂是泛起的涟漪。

——阿米亥《会议、会议，恶语和善言》

目 录

引子	1
脸	8
眉毛	13
眼睛	17
耳朵	28
鼻子	39
嘴巴	44
胡子	57
皮肤	63
头发	69
血液	77
骨骼	87
肌肉	94
心脏	99
胃	112

肠	118
脾	122
肺	124
乳房	128
大脑	134
脚	148
腰	159
肛门	162
生殖器	164
月经·贞操带·淫器·壮阳物·避孕·妓女	176
手	184
屁股	194
子宫	198
牙齿	204
背	210
胆	213
肝	218

引子

有很多理由让我们把身体当成敌对物：一、身体会得病，生病会给我们身心带来巨大的痛苦；二、身体会死，它的平均寿命只有不到一百年的时间，而死给我们带来的后果是将物质世界一切清零；三、身体需要各种食物的伺候，需要供养，它让我们因此而忙个没完，比较而言更能代表我们自身的灵魂则不食人间烟火，清洁，环保，并且总是在远处指导我们；四、身体各部位和器官比整个人体看上去要丑陋，将它们独立出来哪一个都不美，而与之对应的灵魂，它气体般的存在给想象力以极大的造型空间；五、如果你是个文艺青年，上述四种感觉会加倍。

"我存在于我的身体之内，却不生活其中……"有一阵子我将这句不知从哪儿看来的话作为签名在QQ上挂了很长一段时间。这个鹦鹉学舌的举止意在表明，我很乐意我是两个人：由名字和这篇长文章构成的是我（抽象的灵魂部分），坐在电脑前的另一个我也同样真实（具象的人体部分）：一对黑褐色晶状体和色素膜的豆荚状的凸起物——为我起到定向和分辨光线的作用；由两只深不见底的小孔构成的三角状肉柱，内衬多毛，经常沾满黏物——帮助我区分物体的气味和呼吸；一条带有两道粉红花边的肉缝——为食物提供出口并达成与同类之间的沟通；一坨蚯蚓粪便状的大脑——为我提供了价值不高的思索；此外还有一只装满杂物的漆黑的大肉袋（胃）；能够灵活伸缩、长在一条大肉柱上的十只肉柱；另外十只不能灵活伸缩的更矮的肉柱；一些浓密的长毛发；一丛蜷曲的小毛发；更少的毛发……作为人体，我身上的这些器官和部件并非杂乱无章地组合在一起，尽管造型不一，但它们自有一个良好的秩序。这个秩序就是：有失庄重的器官会被很好地加以隐藏，如我们皱巴巴的胃，臭味冲天的大肠；较好的位置留给那些外形上相对寓目的部件和器官，如手、眼睛、耳朵、嘴巴；至于那些用于生殖的器官则半遮半掩地藏在人体的中端，执诱惑与保护的双重功效。身体，这件被称为"灵魂的外套"几十年与我们如影相随，于我们犹如硬币和币值——一如它们总是相同，一如它们总是相异。但我们对它的态度却是复杂的，一方面，我们供养它们，把最好的食物奉献给它，并遵从它的规律和本能来安排我们的起居；另一方面我们却将它视作枷锁、围墙和替罪羊，例如，一个人变坏或犯了罪，社会对他的惩戒通常都是对他身体的处罚：关押、鞭笞、割鼻子、剜眼睛、剁手、断头、凌迟……中世纪，修士们为了追随耶稣的圣迹，对自己的身体极尽折磨之能事：绝食，泡冰水，戴荆棘头冠，割破自己的肋部，每周五在床上以耶稣在十字架上的姿势一动不动地躺上整整一天……这些忠诚的教徒认为人的身体越是痛苦，离拯救也就越近。在上帝面前人们的身体根本不值得尊重，因为身体总阻碍人们向灵魂和无限这等事物靠近。就如苏格拉底这等哲人，也对身体心怀轻视。苏格拉底曾借柏拉图之口说：

一个人必须靠理智，在运思时不夹杂视觉，不牵扯其他任何感觉……他必须尽可能地使自己的眼睛、耳朵，以至于整个肉体游离出去，因为他觉得和肉体结伴会干扰他的灵魂，妨碍他取得真理和智能。

但我们无法"脱"去我们的身体，我们借身体活在这里，就像币值借硬币存在人们的经济活动中一样。我们不但不能无视自己的身体，还应该学会与自己的身体和器官和平相处，因为这样不仅能保护我们的身体，还因为我们的身体，我们的器官，对我们自身来说是一连串有益的隐喻，它们的微光在我们身体内部形成镜像，以便我们进行自省。也可以这样说，身体存在的最大意义不是因它而让我们成为自己，而是让它成为他者，以监管我们那隐匿的灵魂。

灵魂，如果等同于桑塔格所说的内在生活的话，我们的内在生活一定是与外在生活不一致的，也就是说，灵魂一定无法与我们的身体百分之百贴合的，这是人痛苦的来源之一。内在生活太复杂，太多样，我们的身体只能体现我们内在生活很小的一部分，假定人们的身体和他们的内在生活一样，那么身体必定得是某种像云一样的气体，可以迅速变形、扩大、缩小，一部分还能折断，"那样我们就能变成碎片，融合，碰撞，消失，重新显形，膨胀，变稀疏，变浓密，等等"。

身体只能是灵魂的一件器皿和一张面具。

从视觉上看，从绝对意义上看，身体并不美。尤其当我们衰老时。薄伽丘曾在《科巴丘》中曾形容过一具衰老中的女性身体：

> 女性是一种不完美的动物，被成百上千种激情搅动，这些激情令人想到就不愉快、憎恶，更别说考

虑……她早晨从床上起来的时候,她的脸是,而且我相信到现在还是,死水池塘散发的蒸汽那种可憎的颜色,她的皮肤则像褪毛的鸟的皮肤,全是皱纹,疥癣一般,而且松弛……你看到她腰带上方那块凸起,你一定要相信,那里面没有好看的衬垫,而是两颗畸形水果的肉……那两个奶子,不管为了什么原因,无论是被那些情人摸得扯太多,还是由于被别人的重量压垮,如今已经拉长,以至于如果任由它们下垂,也许它们会垂到肚脐,空空的,皱皱的,像破掉的脓疱……

在科隆纳笔下,女性的身体又是另一回事:

金发的波丽亚出现在我面前,风姿神妙,金色的卷发无比悦目,飞舞的发丝如波浪似的围住额头,她超绝的处女神采使得我惊诧莫名,愁思不定。她雪白的手拿着灿烂的火炬的柄。火炬以某种角度延伸到她金发发顶上。她伸出她空着的手,那只胳膊比培洛普的还要白皙许多,头静脉与贵要静脉凸出如刮磨干净的羊皮纸上画出的泛红檀香木颜色。

都是身体，描述文字的美与丑却差池万千。我们贬低身体时，是因为将身体当成精神的敌对物；当我们赞美身体时，是因为身体里还蕴集着爱和时间。

我们赞美妇人、少女、婴儿的身体，是因为在时间上，妇人、少女、婴儿的身体非常不稳定，不如成年男性的身体。爱和时间一样，都是一些易逝的物品。但在易逝的身体与永恒的灵魂这对关系中，我们却放弃赞美身体转而去赞美灵魂。我们把身体视作一个灵魂最终会越过的驿站，不去欣赏也不做停留。我们还把很多由身体管辖的东西看成是心灵的派生物，如亲情、爱情、死亡，本质上它们都是我们身体的一种分泌物，我们却愿意把它看成一个个心灵事件，把它当成我们心灵的一部分，并把它们升华为文学和艺术。不过也许我们看重的只是灵魂的不确定性——就是它的永恒也是存在于人们不确定的幻想之中，而身体在那里，我们永远知道，看见，可以触摸。而我们抚摸不到我们心灵的边，我们捕捉不到由心灵的多棱镜发射出来的全部光芒，我们不知道心灵真正的藏身处，我们无法预计我们的灵魂会不会变化……我们无法说服我们自己许多心灵事件其实都是身体运作出来的一个结果，它们是雌、雄性激素，是多巴胺、羟色胺的合力作用，是自然规律在人体和人性上的映射。

身体是我们宇宙的起点,是我们所有事物的起点,也是我们最后能确定的终点。

身体既是我们的母体,也是我们的产物。

身体到底是什么呢?

福柯说:难以理解的身体,可渗透的不透明的身体,敞开又关闭的身体,乌托邦的身体。某种意义上,绝对可见的身体。我很清楚,它被别的某个人从头到脚打量着。我知道,在我猝不及防,意想不到的时候,它被人从后面偷窥,越过肩膀监视。我知道,它会赤裸。

脸

1

脸其实是一个舞台。

它给五官提供一个崎岖的展示场地,它自身却不显示。与其他五官相比,它更像一个抽象的物体,它所有的起伏、伸张、柔软和坚硬,都是为了五官,它总体上是沉默的,就像安静的土壤,和地平线。

说一张脸漂亮,不是指脸自身,而是指五官们在它上面的大小和位置的和谐程度,甚至可是单指某个突出的五官,这样看来,脸其实并不是光指五官下面的那一层皮肤和骨骼,而是指一个组合,一个总称。

2

在脸上，我们会看到最多的押韵：左眼与右眼押韵，左耳与右耳押韵，左边眉毛与右边眉毛押韵，左鼻孔与右鼻押韵孔。甚至，嘴唇也是押韵的，如果我们在嘴唇中间画一条线，左边与右边可以折叠过来完全重合。在脸之下，我们身体的其余部分也是相互押韵的。两个酷似的人站在一起会令我们发笑，但两只一模一样的眼睛、一模一样的鼻孔、一模一样的眉毛沾在脸上却不会取得这样的效果。因为两只眼睛、两只鼻孔、两道眉毛、一张嘴就是脸的秩序。眼睛本身不美也不丑，一张嘴本身不美也不丑，要是一张脸上长出了三只眼睛、两张嘴，那么这张脸就不好看了——因为脸失序了。丑的本质就是失序。雨果认为美只有一种类型，而丑却有千种类型（正如另一种说法："幸福的家庭都是相似的，不幸的家庭却有各自的不幸。"）。和谐只有一种，失序可以有千万种。美是从最基本的关系里显现出来的形式，是绝对平衡关系的一种形式，是形式和我们的身体之间最深刻的一种和谐。两只眼睛、一对眉毛、一只鼻子、一张嘴唇正是脸最基本和最和谐的形式。长有两只眼睛的是人，长有三只眼睛或许就被我们认为其是怪物或者怪胎了。我们判断某样事物是某物还是他物，取决于它们相互间的邻近关系，用保罗·奥斯特的话来说，"我们在世上遇见的某一事物成了其他事物，接着又转化成其他许多事物，这取决于这些事物与他们相邻，被什么包含，或者脱离什么。"也就是说，美其实是一种与谁相邻、包含什么、脱离什么的关系。

甚至可以这样说，任何整体的一部分，作为部分来看都是畸形的，丑的，但它在全体里就是美，因为它在整体里有其秩序安排。它也是美的成因。我们研究单个的眼睛时，它一点也不美，从颜色到造型，它甚至还有点让人惊怵——深不见底就像有很多裂纹的瞳仁，苍白的眼白，以及它诡异的三角形状，但我们统一赞美脸部时，它经常得到最多的誉颂。伊鲁格纳在《自然的分类》中说，一切作为宇宙之局部时显得邪恶、不诚实、可耻、恶劣，而被看不见全体者视为罪行的事物，从普遍的观点来看，既非罪行，也不可耻，不邪恶。自然的秘密在于组合，人体的魅力也在于组合。美就是组合。

3

脸是人的表面，正像灵魂是人的里面一样。表面也很重要。男人第一眼相中女人通常都因为她们寓目的脸蛋。

不过研究颅相学的贾尔（Flanz Joseph Gall）认为，人根本就没有什么表面。人的心智、本能和感觉都会显现于大脑表面，比如天生记忆力过人者头颅圆，双眼距离较远。麻木愚钝者，头狭小而尖，嘴唇厚大。嘴唇薄的人刻薄。隆布罗索认为天生的罪犯的某些脸部特征与原始人很相似，除了体毛稀少、前额后收外，通常都下颚前凸，斜眼，耳朵大，牙间隙较大，目光锐利，情感有某种程度的迟钝等等。更有甚者，反犹主义者们认为，犹太人在脸上也是有其标志物的，如长脸（多为国字脸），大鼻子，胡子浓密都是犹太人坏品德的外显。川剧变脸的艺术形式是颅相学的直白的戏剧版。在川剧中，变脸演员会运用抹暴眼、吹粉、扯脸等艺术手段，来表现剧中人物的情绪、心理状态的突然变化——或惊恐，或绝望，或愤怒，或阴险，或变态等，以达到"相随心变"艺术的效果。

人们习惯于将脸当成是一块用于映照身体内部的幕布，将脸上的五官当成一个已知条件来理解看不见的内心世界。人们希望这个世界存在着一些密码，可以带领我们通往一个大致可视之物，几近暴露，似是而非。人们害怕自己的内心世界如同害怕一切不可知的事物。

4

脸并非我们的面具,真正深不可测的人的内心是不会呈现在脸上的。但所有的面具都会将它们做成一张脸。不过我们肯定希望自己有很多面具,而将真正的脸藏在其中。因为并非所有的时刻都需要我们以真实示人。我们希望在自己与他人之间隔着一块迷茫的幕布,最好的状态是:当我们出现在他人面前,最好是四五个不同的自己,每一个都很清晰,每一个都是其余几个的对立面,补充。这些面具互成碎片,意识,或作为一种知识形式。

眉毛

1

眉毛是例外的器官。

在眉毛的一系列远亲中，鼻毛、头发、胡子、腋毛、阴毛，在人体中各司其职，但都不过是一些跑龙套的角色：鼻毛是穴居的门卫；阴毛和腋毛用来缓冲肢体间的摩擦，是一个调解纠纷的老娘舅；头发是大脑徒有其表的保镖，但大部分时候只是作为人体一丛软弱的观赏物；胡子和眉毛则基本上算作无所事事的闲杂人员。眉毛理论上的功能是为眼睛保驾护航，也就是说，它本质上就是眼睛的仆从。但很少有人知道它与眼睛的这一层关系。它貌似独立——实际上真正独立的是胡子，胡子与脸上其他所有的器官与部件都不发生关系，吊尔郎当，像个游手好闲的屌丝。

眉毛要严肃一些，它堪称人体低调的典范。在长度和面积上，它从不越矩出规，要是它犯规了，往上就会变成它的远亲头发，往下则会成为它的兄弟胡子。懂得控制，懂得拒绝，沉着，世故，安静，这是眉毛的全部美德。它唯一的缺点就是没有内部，不通往内部，也极少与其他器官交集。

一个没有内部的器官，从表面上看是个浅薄的家伙，实际上这是一个聪明的求生之道，因为最深刻的危险都发生在事物的内部。说它世故也体现于这一点——拒绝任何形式的内涵。但我们在生活中碰到没有内部的人，要么是一个真正无知的家伙，要么就是一个老奸巨猾者。眉毛深知拥有一个内部世界就像给自己埋了一个地雷，迟早会有引爆的一天——鼻子因为有了内部就会有鼻息肉、鼻窦炎和鼻癌，嘴巴因为内部会得口腔炎，耳朵会失聪和患上中耳炎，眼睛会有白内障甚至失明。眉笔从不会得病。向他人展示内部也是个危险之举，要是伪装，则不真诚。

于是眉毛长成了两撇覆盖着短毛的皮肤，简约，平面，迟钝，细长，在它的位置上，人们再也看不到更多。它以两道褶皱的立场，免去了人们许多的猜测、怀疑、诽谤和伤害，并且经常成为一种度量。"举案齐眉"说的就是这个。妻子给丈夫送饭时，把托盘举得跟眉毛一样高。

这个高度便成了恩爱夫妻的一个标准。细长的眉毛叫"蛾眉",它指的是美貌的女子,言下之意要是眉毛又短又粗那就是丑女人。

2

眉毛家族中最著名的当属墨西哥女画家弗里达的一字眉。在中国文化里,一字眉是一种不吉祥的面相,因为眉形如"一"字,暗喻着性格也如一字,一条道走到底,坚悍,自我,拒绝变通,而且短命。情况也正是如此,这个长着一字眉的墨西哥女人打一出生就受到了死神的诅咒:6岁时一场小儿麻痹症令右脚留下了肌肉萎缩的腿疾。18岁与初恋男友乘坐公交车时突如其来的车祸导致她腰围处的脊柱3处断裂,锁骨断裂,右腿11处碎裂,左肩脱位,盆骨3处破碎。最要命的是一段扶手从她腹部刺入了体内,由左侧刺入并穿过阴道。她一生中至少做过32次外科手术,穿过28件医用胸衣。车祸发生29年后,她在轮椅上失去了自己的生命。

这位女画家死后留下了众多自画像,每一张自画像最令人瞩目的无一例外的就是她的一字眉,浓黑,粗大,立体,就像她身上的一个假体,其展开的样子像一对在飞翔的翅膀,显然,它们要带她抵达的地方是世界上最为暗黑的角落:一场接一场的手术和疾病,丈夫戈迪的背叛和抛弃,一次又一次与她擦肩而过的死亡。弗里达的绘画色彩秾丽、野性、稚拙、阴郁,主角虽是她本人,但观看者却能从中达到对自己的肯定。在她那些令人不快的画面面前,人们感到脆弱、遥远、不安、充满了问题,好似自己被排斥在了自己之外。

眼睛

1

眼睛是最不中立的器官。它也是人体中被最多阐释的器官。但我们与生理上的眼睛隔着很多意义,因为我们把眼睛看成人体的窗户和屏幕,通过它得到外部的形象和光线,而他人也从我们的眼睛得到关于我们的信息:忧愁、喜欢、高兴、愤怒、爱恨,这些信息就像室内家具一样,可以通过那两扇小小的窗户得以窥之。其他五官却不具备这样的功能:我们无法通过一个人的眉毛和鼻子来解读一个人的内心,与眼睛相比,它们就像无法与观众互动的浮雕——即使有内部,它们的内部也是通往自身,最后到达一个黑漆漆的腹腔或者混沌的头颅;而眼睛的内部却是一切,人们躲在自己的眼睛里面思考,并在他人的瞳仁里看到一个转动着的几乎与外部宇宙一模一样的内心世界。这个内心世界如此奇异！又如此黑暗！

2

我们有两只眼睛，视觉却没有因此而重复。我们看到的事物永远是单数的。视觉是神奇的事物，眼睛的视力是那样好，我们却看不见眼睛自身，虽然它们都在我们跟前，我们看不见我们的瞳仁，看不见虹膜，看不见眼白，看不见那层似有若无的晶体，我们也看不见眼睛后面的东西。看不见眼睛后面的东西，卡尔维诺将它提升到了一种哲学层面的意义，他说人们永远受后脑欠一双眼睛之苦，因此他对知识的态度只能是有疑问的，因为他永远无法确定他背后是什么；换句话说，他无法验证当瞳孔向左或向右延伸时，他所能见到的两个极点之间那个世界是否持续着。

"看见"几乎是人体中最为重要的一种功能。虽然视力与想象力之间有时候存在着一种敌对关系，但想象力的基础是视力，假设一个人来到这个世间从来没见过任何东西，那么他的想象力就会非常可疑，因为它缺少构筑想象力所需的材料。

视力对于人来说是一种解放，也是一种囚禁。对于想象力这种能力来说尤其如此。想象力始于看不见，始于匮乏，始于不知道，始于误解，如果能够看见全部的东西，知道全部物体的轮廓、颜色和它们自带的死亡，想象力就被关在确定的形象之中无用武之地了。如果我们能看见世界上所有的花，看见过花的所有颜色，那么一座花园对我们来说就会变得毫无吸引力。当然，看见所有的事物在理论上成立，在现实中是不可能的。在真实与虚幻之间，在看见与看不见之间，在有与无之间，在真与假之间（就像纳博科夫关于《狼来了》那个故事），那块又朦胧又广大的陆地正是想象力的领地。举个例子，我们看一个物体，见它既像"c"，又像"o"，我们无从确定，于是认为世界可能还存在一个我们不知道的物体"e"，这样，"e"就产生了。在这里"e"实际上是我们创造出来的新事物，即艺术和文学。看不见，看不清，是艺术和文学之源。

3

现代绘画始于我们能够"看见"一切这个灾祸。在这之前，我们通过几乎逼真的临摹来认识和记录我们的生活，当摄影技术以升级版的视力让我们看见更为逼真和具体的世界之后，传统意义上的绘画便遭到了灭顶之灾。摄影技术让我们的眼睛这架视觉设备忽然变得陈旧而粗糙：不精确，主观，自以为是，私人，无法存档……摄影技术为我们创造了一个中立的二手现实，这个二手现实一方面树立起了在未来由机器统治一切的视觉权威，另外一方面，也为艺术的进步做出了贡献——将绘画推给了心灵的范畴，而不再是过去的仅仅是眼睛的结果。艺术家们不再热衷于画主教脸上神圣的微笑，贵族衣袂上繁复的褶皱，水果表面精确的反光——这些现实在摄像镜头里比画布上的更为逼真。艺术不再是像过去一样仅仅是一面用来准确反射生活的镜子。西班牙奥尔特加·伊·加塞特多年就说，艺术的本质就是打破和消灭现实事物，创造新的客观存在。艺术有双重的非现实性：第一，它不是现实的，它与现实事物是不一样的；其次，这个不一样的新事物，即审美对象，其内在要素之一就是粉碎现实。

这样，艺术，主要是指绘画，从原原本本地模拟现实发展到了后来各种怪力乱神的描绘方法，从印象派、达达派、未来派、野兽派、表现主义到简约派、波普主义……眼睛在画家们的眼睛里成了一个越来越不重要的器官，它的尊严甚至遭到了严重的侵犯。1953年，画家罗伯特·劳申伯格在一次画展上展出了他的全白画和全黑画；1961年，罗伯特·雷曼创作了一幅几乎完全空白的正方形油画《无题》。该画也是全白，仅有一点蓝色和绿色点缀（2014年11月11日其在纽约拍卖，估价从1500万至2000万美元）。面对这些如同诡计般的现代艺术作品，观众的眼睛几乎失效，虽未失明却犹如瞎子。艺术家们给出的理由是：现代艺术已不再只针对视网膜，它作用的是大脑，它有责任促使人们思考，而不仅是观看！

摄像机和摄影镜头成为我们这个时代的眼睛之后，真正的眼睛开始失去了它原有的功能，而只能去抢占原先属于大脑的辖区。

4

但真正的失明又是怎样的呢？

阿根廷作家博尔赫斯因为家族遗传的眼疾从中年开始就逐渐品尝了失明的滋味，他在书中为我们提供了这样一些经验：

> 因为我发现我是逐渐失明的，所以我并没有什么特别沮丧的时刻。它们像夏日的黄昏徐徐降临。那时我是国家图书馆馆长。我开始发现我被包裹在没有文字的书籍之中。然后我朋友的面孔消失了。然后我发

现镜子里已空无一人。再以后东西开始模糊不清了。如今我还能分辨白色和灰色，但对两种颜色我无能为力：黑色和红色。黑色和红色在我看来都是棕色。当莎士比亚说"看那盲者所见到的黑暗"时他搞错了。盲人与黑暗无缘。我的四周是发着光的朦胧一片。

看得见东西的眼睛依赖于光。但光却不是独立的事物，而仅仅作为一种介质而存在于世上。光寄居在各种物体身上，从他者身上来确立自我。丁尼生有诗句：光开始从岩石上皱缩。只有在诗人眼中，光才可以超越物体成为自己。光从岩石上借来生命，然后像万物一样施展它易变的性情。对于我们来说，光只是一些颜色。正如博尔赫斯所说，并不是所有的盲人的眼睛里都是一片黑暗，光的背面并不是黑暗，全黑，失明有时候只是让我们的眼睛失去了分辨某些颜色的功能。黑暗的世界只是一个被碳化的太阳照耀的世界，在那个世界里，物体还是物体，我们还是我们，上帝还是上帝。在光明的世界里，我们的视线很容易被这样那样的物体挂住，我们的思维像一辆颠簸的货车碾压着各种凸起物而不能集中地去思考一个问题，但是在黑暗中我们却受到了没有阻力的保护，令思考变得流利而平稳。所以博尔赫斯说，"我讨厌睡在这个雾气腾腾的世界,这个显蓝发绿,略带些光的雾腾腾的世界,也就是盲人的世界。我真想背靠黑暗,支撑在黑暗上"。

博尔赫斯喜欢黑暗,是因为黑暗对很多艺术家和作家来说,意味着一种自我专注状态。失明并不完全是不幸和损失,它甚至是一个可资利用的工具。历史上有很多著名的盲人:左丘、荷马、弥尔顿、尼采、乔伊斯……这些人中有的被迫成为盲人,有些则是自愿失明的,如弥尔顿和德谟克利特。为了不让外界的现实景象分散注意力,德谟克利特在自家的院子里剜去了自己的眼睛。而乔伊斯认为在他一生中所发生的各种事件中,最不重要的是成了一名盲人。因为在黑暗中他们可以精心打磨和锤炼他们的思想和句子。上帝在为人关闭一个视觉上的感官时,一定会为他打开了一个高功率的心灵上的感官。感官上具有的这种代偿机制,使得失明成了创作上的一个便利条件。

所以博尔赫斯又说:

> 一个作家,或者说所有的人,应该这样想,他所发生的一切都是工具。所有给他的东西都有一个目的。这一点发生在艺术家身上应该更加强烈。在他身上发生的一切,包括屈辱、烦闷、倒霉等等,都像是为他的艺术提供的黏土、材料,必须加以利用。

5

    眼泪作为眼睛的分泌物,更像是眼睛看出来的一部作品。因为人们只有在悲伤和疼痛的时候,在大笑的时候才流泪,悲伤、疼痛、大笑更像是心灵事件,映射的是我们藏而不露的人性。悲伤如同疼痛一样是有益的,因为悲伤具有的清污功能,它让我们看到:虽然世界令人失望,但它允许我们对它感到绝望;它把我们无法理解的一切都清楚地显示出来,对我们已经理解的,却不让我们看到;它还让我们看到,我们欠上帝或自然一个死亡,不管怎么样,自然最后会来收拾我们。

    毕加索画过一幅《眼泪的研究》。在作品中,人的眼睛与身体分离,并被别在一尊奇怪的雕塑的顶端。眼睛们被插在用大大的手帕包裹着的"制造眼泪的管道"上,滚圆突出,与其说像男性生殖器的眼睛,但更像一副完整的女性性器官。法国作家尚塔尔托马解读这幅作品时认为毕加索想表达的是"女人是制造眼泪的机器,就像男人是制造精液的机器"。在这幅作品之前,毕加索还有一幅《哭泣的女人》。毕加索认为女人是受苦的机器。对眼睛流泪的这一功能,女人的确比男人更为偏爱。不过男人之所以不轻弹眼泪,是因为他们认为眼泪像沙子一样是一些碎片,属于一个松散而不连贯的整体,并无建设上的意义。男人们表达悲伤时更倾向于沉默,而不是眼泪。

在这个世上真正让我们悲恸的时候并不多,大多时刻属于哽咽,或者濒临哽咽。我们经常会感受到那种一会儿沉落下去,一会儿又浮上来的矛盾心情,我们悲伤我们的不知所终,我们悲伤,我们悲伤所谓的幸福,不过是一阵短暂而舒服的痉挛。

卡佛写过一个短篇小说《大教堂》,书中有一个失明的瞎子角色:

有一天,"我"与妻子的家中迎来了一位客人,妻子婚前的雇主,一位丧偶不久的盲人。十年前,妻子从一家报纸招聘广告上找到了一份秘书工作,活很轻松,不过是给一位盲人读东西,帮他整理乡村社会服务部的那间小办公室。后来,妻子辞去了那份工作,因为她结婚了,但她与雇主还有联系,他们经常给对方邮寄录了音的磁带。再后来盲人也结婚了,对方是妻子走后的下一位雇员。这之后妻子离婚了,还试图自杀,离婚前,有一天她觉得特别孤独,她感到再也忍受不了了,就吞下了药箱里所有的药片和胶囊,并灌下了一整瓶杜松子酒。她没死。最后认识了"我"并与"我"结了婚。故事就从我们结婚后盲人上门来拜访开始讲。

那天,盲人、"我"、妻子坐在客厅的沙发上讲了很多废话,他们不停地寒暄,还一起喝威士忌。借着酒意"我"仔细观察了这位年迈的盲人:

我总以为墨镜是盲人的必需品。事实上,我倒希望他戴一副。第一眼看他,他的眼睛和其他人没什么两样。但如果离近看,就会发现它们的异样。眼睛的虹彩上白色太多,这是其一;瞳仁老是在眼眶内转动,好像他根本不知道怎么能让它停下来。让人害怕。我注视着他的脸时,看见他的右瞳仁在朝他的鼻梁转过来,而另一只瞳仁却在努力保持不动。但这是一种努力,因为那只眼睛似乎总在不由自主地四处徘徊。

话题没法儿聚集。后来妻子困了,在沙发上打起盹儿来。"我"与盲人还在闲聊。这时,电视里突然出现了教堂。一道亮光终于照进了这篇沉闷的小说内部,由那些废话垫底,两人开始聊起教堂来。盲人让"我"描述一下教堂的模样。这个可视世界里的常见物不知怎么的"我"

描述起来结结巴巴，言不及义。盲人灵机一动，建议两人一起在纸上画教堂。画完之后盲人让"我"睁开眼睛，但"我"却不想睁开。"我"想多闭一会儿。"我"觉得应该这么做，因为这种感觉非常棒。

"非常棒"是一种什么样的感觉呢？那是一种盲人才能体验的感觉：你感觉被自己包围，无边无际，无始无终；同时你感觉没有自己。

在光明世界中，你以为你看到了一切，可你其实连一座大教堂也没有看清楚。

耳朵

1

在脸部的人际关系中,耳朵与嘴巴才是真正的知音。五官们通过其位置和功能形成了错综复杂的关系:眼睛与眉毛在视觉这件事上是主仆关系,嘴巴与舌头在说和吃这两件事上是同事关系,鼻子与嘴巴在呼吸这件事上是同行关系,胡子与头发与血缘这件事上是母子关系……唯嘴巴与耳朵的关系令人匪夷,它们并非邻里,却拥有遥远的心心相印。

可以说,为了耳朵,人们发明了嘴巴。为了耳朵,人们还发明了词、句子、歌声、微笑、哭泣,发明了口哨,发明了乐器,发明了广播,发明了某种基因、胚芽和细胞,以便在回应我们体内那无可名状又无法否认的感觉时能发生震颤。

2

在嘴巴与耳朵的早期关系中，嘴巴是从属的那一个。如果耳朵先天失聪，嘴巴就不能说话。语言最早的种子是在耳朵里，听来的声音成为我们语言中的第一粒火种，要过好几个月之后，我们才能把听来的这些词汇变成我们自己的声音，并在谈话中形成燎原的大陆。在声音这件事上，嘴巴奋力模仿，而耳朵也尽力把自己降为中庸，它越被动，对学习语言越有好处。在很多时候，它不是去争取什么，而只是等待。它学会了谦逊，包容，安静，来者不拒，它允许各种声音在它的耳蜗里形成一个小小的丛林，这座丛林中穿梭着事物真实的影子，也是世界投射在耳朵里的一面镜子，这面镜子表面模糊，但是却可以容纳几乎所有的事物。在听力这件事上，耳朵拒绝个性，不像眼睛，有时候眼睛会拒绝一些颜色，眼睛也能自己关闭自己。耳朵却不能。耳朵认为任何事物的存在都有它的理由，必须放弃个性，必须拒绝，以便投入到某种笼统团结的情感中去。于是耳朵和鼻子一样，厕身于平凡世界，而不是滑向审查的严苛边境。海纳百川，有容乃大。耳朵就是有这样的器量。它们收纳的声音几乎可以囊括世界上一半的事物：虫子鸣叫时的声音，动物交配时的声音，汽车启动的声音，房屋倾斜的声音，旗帜拂动的声音，雨滴落在树叶上的声音，果实坠入地面的声音，枪炮的声音，战争的声音，和平的声音，死亡的声音，重生的声音。声音形成秩序，形成路径，与视觉互成倒影。

但耳朵也不是万能的，有一些声音我们听不到，例如：光线划过云层的声音，雪花渐逝的声音，目光穿过玻璃的声音，词变成句子的声音，路和路交叉的声音，花朵变成果实的声音，蛇诅咒苹果的声音，火被盗的声音，岩石起皱的声音，星辰膨胀的声音，纸张朝内看的声音，笔握自己的声音，牙齿咬向自己喉咙的声音，天空低下头的声音，地平线被折弯的声音……

臣属的声音，隐喻的声音，发生的声音，打算的声音，上瘾的声音，争光的声音，白搭的声音，标志的声音，并联的声音，补充的声音，猜测的声音，参考的声音，操持的声音，超支的声音，沉醉的声音，衬托的声音，成为的声音，充满的声音，充数的声音，出产的声音，出力的声音，垂直的声音，达到的声音，对付的声音，发挥的声音，发扬的声音，复辟的声音，根治的声音，瓜分的声音，贯彻的声音，好像的声音，回想的声音，竭尽的声音，例如的声音，貌似的声音，蒙受的声音，摸透的声音，能够的声音，扭转的声音，批示的声音，聘任的声音，确保的声音，善于的声音，舍得的声音，值得的声音，涉及的声音，伸缩的声音，审理的声音，生活的声音，胜任的声音，时兴的声音，实行的声音，适合的声音，望见的声音，闻到的声音，唯恐的声音，务必的声音，予以的声音，与其的声音，尽管的声音，但是的声音，不如的声音，虽然的声音，所以的声音，因为的声音，除非的声音，尤其的声音，只是的声音，或者的声音……

3

　　耳朵内陷于身体。耳道就像大脑一样也是一座迷宫。只不过这座迷宫的尽头是一条死胡同，不能反复穿行，实诚如它的听力，并不向人展示诡计。它那洞穴式的造型只是一种欺骗，它的内部并不通往人体真正的内部，它只是一段短途，声音进去之后，在它消失之前还能出来。有时候人们以为声音从一只耳朵进去，会从另一只耳朵出来，其实声音每一次都只是原路返回。我们没法儿像消化食物那样消化声音，声音可以再生，声音也不想让人们熟悉它。声音就是要用这种方式来保持自己的地位。我们能重复声音，但是声音很少重复自己。我们不能把声音当作一个物体来返回。声音有时候像纸那样广阔，有时候又如针尖，趋向于消失和即将消失。声音，它处在物质和精神的边界线上。

4

音乐是声音中的贵族。但音乐却是最不自然的声音，音乐缺少偶发精神、凌乱精神和任性精神，它的每一个高低音，每一个和声，每一个休止都富含规则，都被音乐家们像烹饪大餐一样精心调配，它受控于数学，受制于比例，同其他事物一样几乎可以被算术化。公元1—2世纪，赫米奥尼的拉苏斯发现了音乐与数学的关系——和弦的快慢与物体运动速度的快慢有关。为了印证这个结论，他取来两只大小与形状相同的陶瓶，一只全空，另一只装了半瓶子水，同时敲两只瓶子，他得到了一个八度音阶；当一只子全空，另一只瓶子只装四分之一的水，同时敲两只盖子，他得到了四度音阶；一只瓶子全满，另一只瓶子只装三分之一水时，他得到五度音阶时……拉苏斯最后得出结论，音乐就是一堆公式的组合。音乐所有那些花枝乱颤的翅膀都披挂在数学严谨、克制和乏味的骨架上。

就这个意义讲，音乐是一种穿制服的声音。但正是音乐的这种过度自制使我们在面对它心怀紧张，不像听到其他声音那样，我们的耳朵可以随随便便将它们吸收和打发——早期的音乐更是如此，我们的祖先在各种祭祀活动和祈神仪式中发明了音乐，也就是说，音乐降生时就带着一种体制内的烙印，它与巫师的法力、酋长的权力、自然的威力一样神秘与庄严。作为一个统治道具，对刚刚直立起来行走的原始人进行精神和身体上的双重管理。也可以说，音乐被制造出来是为了区别凡俗，召唤神力的，它就像一声门铃，人们揿响它就是为了让天界的大门朝人间打开，以便让神灵下来调解人类问题。或者说，音乐是人类对神灵使用的语言，类似于今天的密码。音乐的这种出身使人不敢轻慢它，对于耳朵来说，音乐的每一个音符更是蛰伏着各种心灵力量，必须对它表示惊奇。维特根斯坦说科学是重新使人入睡的途径，而人必须醒过来表示惊奇。显然，音乐是用于表达惊奇的声音。到了今天，科学已经通过各种方式帮助我们解决掉了大部分物质上的问题，音乐却还没有消失，因为物质上的惊奇被消除之后，我们的心灵仍在制造另外一种惊奇，并且从未停止制造惊奇。今天，我们会利用科学逡巡在远方巨大的目标之间，但要抓住眼前孤独细小的事物，却只能通过艺术和文学作为一种手段和方式。

音乐现在当然早已不是巫师嘴中喃喃的咒语了，借助乐器，它分解出了很多品种：流行乐、摇滚乐、交响乐、室内乐、歌剧……就像布列兹说的，如今不同的音乐圈子像监狱体制一样，各自为政，有的人感到舒适，但同样的音乐对其他人来说却是痛苦的折磨。有些音乐，或者说声音是思想，有些却只是工具。比如，交响乐提供的是仪式，流行乐提供的是感官，歌剧提供的是故事，摇滚提供的是愤怒。其中流行乐工具性最强，用于消遣；交响乐和歌剧介于两者之间；摇滚则是不折不扣的思想上的乌托邦。这个乌托邦以身体作为它的乐器，最接近音乐的本质，很多欧美摇滚乐队的名字就直接取自身体和身体行为，如"性手枪""吻""冲撞""涅槃""快转眼球"……还有一些："陈尸""呕吐""内部""腰斩""就地正法""面孔""瘦人""地下婴儿"……这些用身体的部位为名的乐队名字本身就代表着一种情绪。可以说摇滚乐自从它诞生之日起就处在一种对世界全盘否定的状态中，它是阿尔多诺笔下声音里的乌托邦：不受外界影响的艺术品属于资产阶级，机械的艺术品属于法西斯主义，零碎化的艺术品，处于完全否定性的状态中，则属于乌托邦。

当歌剧在讲述、交响乐在喧哗、小夜曲在抒情、流行乐在自我陶醉时，摇滚乐最先表示对现实的不满。音乐问世于体制，而摇滚却是戮祖的逆子，它反抗体制，它的每一个声音都像被冰块烫伤了那样喊出愤怒：人是一只拧巴的零件，不应该被不合适地安装在社会这架紧凑、木讷、结实，只会自我循环的大机器上。人也不是一个机械装置。就像奥尔特加·加塞特所说的，我们被抛入存在，不是像一粒子弹从枪管中射出那样，它的弹道已经被绝对地限定了；我们来到这个世界——当下的、实际的世界——所承受的命运，与子弹的这种定数恰恰相反：我们被强加的并不是一条轨道，而是多条，因此我们必须做出选择。在《历史是一个体系》，他又继续说道，（但是）人生中最细微的而同时又是最重要的基调便是：人别无选择，而只能是永远都在做着某种事情使自己得以存在。

5

对于耳朵来说，最早的音乐是天籁。在人类的"音乐"出现之前，天籁才是音乐唯一的存在，闪电、雷鸣、雨点、流水、动物的鸣叫、地震、海啸……这些声音有它自己精美的结构，其旋律建立在偶然性之上，不可预测，随着运动而出现，与宇宙同生死。

天籁有时候会以噪音的形式出现，但噪音也是音乐，是一种没有被驯化的音乐。对于一只不需要和无法欣赏音乐的耳朵来说，音乐就是噪音；对于一只善于倾听的耳朵来说，噪音也是音乐。写实艺术发展到了巅峰之后艺术家们开始对绘画进行反思，现代绘画就是这样问世的；与之同理，20世纪初，旨在抗击音乐体制的噪音音乐运动也是在类似的情况下应运而生的。噪音音乐发起人普拉泰认为："古代的生活是宁静的。19世纪随着机器的问世，噪音便也产生了……"噪音作为素材和形式被引入音乐背景同现代艺术一样——因为科技的高速发展和社会化程度的加深，人们开始重新打量起身边这个世界。他们发现经过几个世纪的成熟，发展几乎在各个领域、各个角落都形成了体制：政治、文学、艺术、音乐、科学、宗教……这些体制僵化，冷漠，势利，令人感到窒息。于是，几乎像滚水一样，各种试图革新社会的运动开始冒泡，它们释放出了巨大的能量和热度，给人以一种世界即将返老还童的幻觉和假象。当然，这些运动在水泡破裂之后很快消失了，达达、野兽派、立体主义、抽象主义、超现实主义……但此起彼伏的运动给人们留下了启示：在任何时代，文学和艺术都应将自己视作一辆童车，在其之上的婴儿必须重新学步。

普拉泰把噪音分为六类，汽车火车发出的声音、风声、水声、金属声，甚至人与动物的叫声，他利用生活中存在的各种噪音作为音乐素材创作了一系列的作品。但噪音音乐并没有像人们设想的那样成为一个固定的风格，它出现的真正价值在于提醒耳朵：一切都可以是音乐！任何传统的教条理念、流行的法则规矩和现成的秩序礼教都是耳朵的大敌。

《听见天堂》是一部讲述关于噪音音乐的故事——主人公收集各种噪音和天籁之声来进行音乐创作。这部电影是根据一位意大利盲人音效大师米可·曼卡西的真实故事改编的。片中小米可因为自幼失明，被父母送到一所特殊学校学习。米可一到那所学校就显示出了他的与众不同。他用从学校偷来的录音机和一些录音带完成了一份老师布置的关于季节的作业，他把下雨声、风声等等模拟出来并且录制了下来，很有创造性地完成了一份叫作《雨后初晴》的作品。校长因为他偷录音机并且把赞美诗的带子用作录音带而震怒不已，但他的一个老师发现了他这种敏感的天赋，暗暗支持他，并为他买了新的录音机，教导他一定要保持自己的这种天分和创作热情。影片结尾，在每年一次的家长会上，这位老师不顾校长的反对安排这些孩子表演了一个充分展现他们个性的节目，他们在米可的带领下用各种模拟出来的声音表演了一个优美的童话故事,所有的家长都为此感动不已。

是声音、噪音,还是音乐,耳朵知道。

鼻子

1

鼻子在人脸上位置的过分中正,使它对一些事物难逃干系:公正、信用、成功,以及男人的性能力。

在《木偶奇遇记》中,促狭的仙女要求匹诺曹向她做出说真话的承诺,如果撒谎,她就会让他的鼻子变长。匹诺曹当然像其他人类一样在说真话这件事上犯错了,他前后共说了三次谎,每次都是无例外地让仙女的魔法给拉长了鼻子。他很困惑,但也从中得到了教训。撇开这个童话故事不说,其实说谎话也没那么危险,不是所有的谎言都是邪恶的。而且,真理与谎话真的没有多大的关系。

鼻子的长度成为处罚手段之一,主要原因在于长鼻子会破坏脸部的和谐度。在脸部起伏有致的丘陵上,鼻子是唯一耸立的高峰。它中庸、对称的存在,使得它成为脸部的一个中心。但鼻子却没有因为它的中心位置而成为脸部最重要的视点,因为与眼睛相比,鼻子是一个真正的静物。它山峦般的造型遮盖住了它内部的贫乏:嘴巴不仅有舌头、牙齿,还因其运动而为人类制造出了语言;眼睛是我们向外张望的屏幕,也是他人监看我们的荧屏,它通过眼珠的转动为我们向他人提供了各种情绪和本性的信息;鼻子却像雕塑一样,被牢牢焊在它的地盘上,在它的感叹号的外形之内,缄默和静止是它唯一的语言。

2

中西方相貌上最显著的区别就是鼻子。西方人的鼻子就像他们的哥特式教堂,以向上的、耸立的姿势而闻名;而东方人的鼻子则具备了他们性格中内敛羞赧的特征。而出现这种差异主要原因在于气候。生物进化的观点来讲,生活在越温暖的地区鼻孔就会越宽大,鼻梁也会越短小,因为宽大又扁平的鼻子有便于吸进大量温暖而潮湿的热带空气。而气候越冷,鼻孔就越窄小,鼻梁也会越高尖。北欧人的鼻子既细又高,就是为了呼吸寒冷的空气,让冷空气有更多的时间被加温,以适应生存环境。

3

　　是鼻子让我们知道在我们生活的空间里，有空气这样一种事物，空气用其无限小和无限密集的身体将自己隐藏起来，使我们以为它并不存在。空气瞒过了眼睛，却瞒不过鼻子和肺。不过严格说来鼻子只是肺的一个门卫，它把守在人的脸部，主要职责是过滤吸入空气中的尘土和细菌，天冷时，鼻腔中的鼻甲和鼻道黏膜下血管还会像暖气片一样对空气起到加温作用。而这一切，我们其他器官都感知不到。我们无力验证鼻子的工作对象，连续的空气在我们看来只是一片空无，我们从来都是相信眼睛胜过一切。至于气味更像是鼻子自说自话的骗局，因为气味不像光线和温度会改变物体——光线可以向我们呈现了物体的各个面向和颜色，不同的光线之下会有不同的面向和颜色；温度可以改变物体的造型甚至可以令其达到彻底的毁灭——而气味只能让自己停留在现象学上，自始至终，它取悦和伤害的都只有一个对象：鼻子。

　　气味是一个真正的隐身人和隐士，它生活在一个透明的地盘上，它的降生不是为了繁殖而是为了让自己消散，与越来越多气味拥抱，与越来越多的空气一起上升，然后消失。它憎恶重力，因为重力会使它下降到一个确定的位置上，而气味不想成为一个单独的物种，一个确定无疑的物种，气味就是进入鼻子也只是轻轻地掠过，它愿意自己是个过客，行者，它偶尔进入肺，出来时，已带上了人身上的味道。气味始终无法确认的，是自己。

4

在众多气味中，香水是特地为鼻子发明的。对于香水来说，鼻子就像是它豢养的一只宠物，它喂养它，使它不再对别的自然的味道兴奋。香水使鼻子忘记人类自己的体味，它把人类自带的体味降低为可有可无的背景。而在动物的交配期，动物自身的体味却是一件不可或缺的装备，很多动物用鼻子从空气中嗅到了性荷尔蒙的气味，于是千里迢迢地追赶过去，因为这种气味意味着性交以及日后自己的基因在这片大陆永存的可能。但对人类的鼻子来说，人身上的这种气味已经可以忽略不计了，并非香水的高楼大厦遮蔽了荷尔蒙那羞涩廉价的平房，而是人们更相信眼睛看到的东西，美貌、身材、房子、车子。比起荷尔蒙气味，后来发明的这些身外之物——房子、车子、票子是剂量更大的春药。鼻子与自己的领地和猎物之间的关系于是得到了瓦解，现在真正能让鼻子牢固占据的是食物，它一日三次地逡巡在餐桌上被乔装打扮过的植物和动物尸体身上，从它们面目模糊的气味上去辨认那些消失的形象：那些矮小而绿色的蔬菜，那些膨胀的根，那些险些变成种子的果实，那些在养殖场无法飞行的家禽，那些奔跑中越来越少的兔子，那些猪，那些在海洋的表面张望天空的鱼，那些不能迁徙的贝类。气味是食物的灵魂，只有鼻子才能通过它们复原它们生前的模样。但鼻子最爱的不是食物，而是花朵。因为与花朵相比，食物的气味有一种实用的功能，这与荷尔蒙是一样的，都不过是一些行为的前戏，只有花朵，花朵散发出来的气味才是人类鼻子真正的诗歌。花朵让鼻子成为真正的鼻子，而不是胃、生殖器的附庸。在花朵的香味中，鼻子感受到了吸引、寻觅、结合和未来。

但花朵的香味不过是植物的荷尔蒙。

只是——另一种荷尔蒙。

嘴巴

1

嘴巴非善类。

但嘴巴的本质在于它不是作为自己存在,而是作为其他器官和其他事物而存在的。例如,嘴巴说出的永远是嘴巴之外的东西,它说的都是别的器官的故事:"头疼""肚子饿了""手臂流血了""看见了一栋房子""腿累了""我在想……""我要嘘嘘了""我爱上了一个女人……";当嘴巴吃东西的时候,也是因为胃和其他消化器官需要它这样做,它的辛勤劳作一切都是为了让胃舒服,让大肠充盈,让血管雀跃,让肛门有机会在几天里进行至少伸缩一次。可以这样说,嘴巴有着一份卑微而无私的使命,虽然看上去身居要位——在人的那张脸上,它位于人体的中轴线上,醒目、优美,且经常被列为赞美对象之内。孰知它只是个殷勤的服务生——它操劳一切不过是将食物递送给胃，是将大脑思考出来的东西说出来给别人听，以便在自身与自身、自身与他者之间建立起一种联系。

嘴巴与大脑一样，都是人体里最为利他的器官。大脑也从不思考大脑自己的事，它不思考突触、海马、垂体，在利他的这个职能上，它们俩是相映成趣的。在人体的各个器官中，它们亦最像一对公知：关注宏观的东西，总体的东西，却没有实在的行动能力。其他的器官如眼睛、耳朵、胃、肠、肝则牢守自己的专业，专注、静默，很少去代言其他器官和部位。

也可以这样说，在思考和言说这两件事上，嘴巴和大脑像是两片透明的玻璃，用来反映世界的其余部位：让我们看到风景，却看不到自身。这种功能，犹如哲学家奥尔特加·伊·塞内加特说的艺术在其他事物中的功能——玻璃为其他事物提供了来往的通道，艺术为表现其他事物提供了通道，如为政治、人性、历史提供通道。杜尚当年在纽约独立艺术家展上展出的作品《泉》，就被人喻作是一块用来看风景的玻璃，因为艺术家通过这件小便器让我们思考了现成品与艺术的关系，思考现代艺术的走向——而不是要向观众们展示真正的厕所用具。

嘴巴也一样。嘴巴通过说出那些词汇来表现自己。嘴说了那么多词汇，但说的并不是嘴巴自身。通过嘴巴说出来的语言表现来个体的个性、气质、智慧、善恶，勇敢或胆怯的品质，智慧或愚蠢的品性，也不属于嘴巴。嘴巴只有在一种情况下才会引向它自己，如因为说得过多过少或说得好与不好而被冠名以"贫嘴""饶舌""拙口讷言""嘴好毒"等。在各种惩罚办法中，有一种比较耻辱的惩罚叫作"掌嘴巴"。

2

嘴巴与文明关系最为接近。因为文明始于文字，文字起于语言，而语言肇始于口语。至于所有语言中，诗又是其最高的结果。最早的诗就是被嘴巴唱出来的，如《荷马史诗》。纳博科夫认为诗是这样起源的：有一天，一个穴居的男孩跑回洞穴，穿过高高的茅草，一路跑一边喊："狼！狼！狼！"然而并没有狼。他那狒狒模样的父母——一对为真理而固执己见的人，显然会在狼来之前把自己的小孩藏在安全的地方。好在真正的狼并没有来。然而这个男孩从戏弄中尝到了甜头，几天后又故技重演了一次。当然，这一次也是什么都没发生。到了第三次，狼真的就来了，小男孩的警报自然没有起到实际作用。小男孩死了。更多的穴居人也死于这次袭击。然而——纳博科夫认为——这却是一个重要的时刻，诗由此而产生了。人类从那一声声"狼！狼！狼！"的叫唤声中建立起了休闲、娱乐和想象力——正是想象力导致了后来诗歌和文学的问世。设想一下，假设我们在说话的时候就事论事，不增添任何一点东西，不添油加醋，不无中生有，那么文学就只是一份单调的家电使用说明书。

然而说话是危险的。因为嘴巴感觉不到说正确的词和错误的词之间的距离和区别，在世故和真诚之间，没有一条需要我们的嘴巴去渡的河流。嘴巴还倾向懒于去区别好与坏的事物之间那片似有若无的领域，它们更愿意世界非黑即白，非美即丑，它们不愿意去占领词语与词语之间那片歧义的广漠地域，在那里它们觉得没有着落、无归属、模糊、失去身份，就像一个雾中人——所以直到很后来，嘴巴和我们才发现歧义之美，也就是文学之美。我们发现，如果没有歧义，只有简陋的是非美丑，文学就会是一份判决书。

歧义和想象力，是让文学和诗歌得以展翅的两翼。

3

语言是一道光线,我们将它打到其他事物身上,在看见其他事物的同时,反射回来的反光也让我们看清了自己。很多人喜欢说话,比如苏格拉底,比如喜欢演讲甚过书写的哲学家柏林。但也有例外,比如那些喜欢沉思默想者和自闭症患者,对于后面这类人来说,嘴巴更像是一个伤口(从外形上看,嘴巴也像是人体上的未愈伤口),尽可能地不要让它张开。因为从伤口里出来的东西总是令人不快,要么就是会痛及自己。隐士们和苦修者们也这样认为。隐士和苦修者们喜欢离群索居,经常找座大山将自己藏起来,或躲进沙漠中,以避免用嘴与人说话。被宁静和四面墙包围,或者置身于无人的沙漠,会让他们变得极度放松和有吸收力,彼时每个毛孔都变得有聆听能力,也就变得对真理有更强大的吸收能力。他们认为,人的身体就像一座能量库,说话就像放闸泄洪,不管说什么,都意味着一种损失。对很多隐修者来说,孤独在本质上就是不对人群说话。托马斯·莫顿是西方公认的吸引公众目光最多的隐士,他喜欢与人交往,却又喜欢孤独,几乎有二十七年之久,莫是顿作为一个遗世独立的天主教修道会成员来确立自己在这个世界上的位置的。他曾在自己的笔记本上写样描述孤独：

> 它（孤独）会让你极度痛苦地了解到，在日常生活那合乎逻辑、理性而井井有条的外表下面，隐藏着一个非理性的、让人困惑的、漫无目的的，甚至可以说是混乱的深渊。而这是那些抛弃分心生活的人马上就会发现的。事情不可能是别的样子，因为一个人在抛弃分心的同时，也是在抛弃那个似乎无伤大雅的、关于自己和他的小世界的自足性的幻象。

用嘴言说，也许能得到认知和交流；但不言说，却可以让人更深刻地洞察世界和自省。嘴巴说话的这一反功能似乎自掌了嘴巴。不过，世界上又有多少先知和圣徒呢？

让我们真正烦恼的不是嘴巴常让我们讲出常识，而人们常用嘴巴讲出谎言（在我看来，有时候嘴巴只讲常识比只讲谎言后果更严重）。虽然如前文所述谎言一度成就了文学，但纪德老先生却鄙视谎言，他在《妥斯陀耶夫斯基的六次讲座》中写道：

> 有多少人一辈子靠着谎言，心甘情愿地在虚伪中度日？他们在习俗的谎言中找到了比在个人真诚的特

殊感情中更多的安逸舒适和更少的艰辛努力，因为这种感情的确认迫使他们去做一种他们本来感到无能为力的创造。

4

除了说话，嘴巴有一个重要的职能是作为爱情大使出现在两性关系当中。正是这份兼职或曰副业，使嘴巴得到其他器官/部件难以望其项背的溢美之词。人体中有一些器官/部件注定得不到赞美，如肛门、肺、肝、血管，这些在个性上显得沉默或功能上显得鄙俗的器官通常都行事低调，而像嘴巴这样的器官/部件，人们却拼命去恭维它们——"樱桃小嘴""唇如胭脂""丹唇外朗""巧嘴""朱唇"……因为嘴巴有时候与性爱离得近，不仅嘴巴，那些离生殖很近的器官和部件都备受人们讴颂，尤其对处于恋爱之中的情人和色情作家们来说——尽管赞美性器官时经常显得有几分忸怩。对于人体来说，眼睛、耳朵、胃、肠、脾、肾就像是它的普通件和必需品，而乳房、屁股、生殖器则是奢侈品。正如人们不会去赞美一只水龙头这样的普通件，却会去爱慕一只难得背出门的LV包一样，我们不会去赞美每天都要使用的脾和肾，却会对偶尔才说上几句甜言蜜语和难得亲吻情人嘴唇的嘴巴以及其他性器官大唱颂歌。出于娱乐,让我们走一下神,来假想一下可能会有人这样赞美内脏:

亲爱的脾,我是多么爱你。无时无刻,我不记起你那褐色的薄片,你柔软有弹性的身体总让我想起每晚令我入眠的席梦思,在那儿,我能梦见世界最美的前程和最忠实的爱人。并非所有的器官都会让我想到床和梦,例如饶舌的嘴巴和木讷的耳朵就不会。此外,你的沉静令我舒适无比……亲爱的肝,我爱你粗糙的颗粒表面,我爱你点缀其中的那些白色的脂肪,它们就像你的绶带让你显得苗条而紧致……亲爱的胃,你总是那样宽容,能容纳几乎一切食物,你带摩擦颗粒的内部让你显得棱角分明,但在外面你却随和而光滑……亲爱的肺,我知道你一直在忍受,我爱你浅色的外貌和你那些巧妙的气孔,尽管你无时无刻不在工作,但你仍旧维持着优雅的体貌……亲爱的肛门,人们说得对,你的菊花造型是人体里的沉鱼落雁,没有人长得比你更精致了……

……

食物是投资。性爱是利润。接吻是上半身的性交。在这一系列的关系中,嘴巴义无反顾地充当了性器官的先遣兵,因为这项职能,女性的嘴巴被认为山寨的女阴(有人从女人嘴巴的大小来判断其阴户的大小）；而相对应的，男性的鼻子也成了阴茎的参照物。

接吻是怎么来的呢？传说上古时代男人出去狩猎，由于害怕自己的妻子会被别的男人引诱并与其饮酒作乐，男人一回家门便把舌头伸进女人口中，以探查有没有酒及其他可疑食物的味道。同理，女人为保证清白，丈夫一进家门就会自动把口张开让他嗅闻。据说这是为什么欧美国家一些夫妻一方出门和回来时都要先来个接吻礼的原因。而美国一位叫丹·卡林斯基的学者考证，在古代，穴居人由于缺乏盐分而常舐朋友的面颊，久而久之，就发展成为接吻这种礼仪。至于爱斯基摩人，他们会对自己的所有物都会舔下，以此"吻"为符咒，借以排斥他人染指。

吻有各种各样的功能，各种各样的风格，就用途而言就已百花齐放：用于质疑夫妻间出轨行为，为得到罕有的盐分，为了占有，为了促进性欲——显然并非的吻都攸关性爱。对于嘴巴来说，圣母的额头和情人的嘴唇是两片迥异的大陆，亲吻前者是为了拉开天堂与尘世距离，亲吻后者是为了缩短两个性器官之间的距离。当嘴巴说话的时候，它抚过的是词语，当那些词语跟随着格、性、数、人称而变化时，嘴巴也获得了某种程度上的知觉力；当它碰上另一些额头和另一些嘴巴时，它获得的是不同皮肤的性感,以及关系。

契诃夫写过一个短篇小说《吻》。故事讲的是一个士官如何被一个吻所毁灭:里亚博维奇是某炮兵旅"害羞、最乏味和最腼腆的军官",陪其他的军官一起出席在某位退位将军乡间宅第举行的社交晚会。沉闷的亚博维奇在大屋里四处逛荡,踏进一个黑暗的房间,经历了一次奇遇。一个女人误把他当成另一个人吻了他,他吓坏了,急忙逃走。之后,他却开始着魔于这次遭遇,先是感到得意,接着变成折磨。这个可怜的家伙爱上了那个女人,尽管是一个他完全不知道是谁,而且永远也不会相遇的女人。当炮兵下次再接近将军的庄园时,亚博维奇踏上澡堂边的一座小桥,伸手触摸晾在桥上的一块湿床单。他突然感到一阵寒冷和难受,他瞥了一眼桥下的水,看见水里反映着一轮红月。他凝望流水,确认人生就是一个语无伦次的笑话。

哈罗德·布鲁姆在阅读这篇小说时,认为小说中有两个重要的时刻,一是得到那个吻的时刻,二是触摸到那块冰冷的湿床单。"吻"也有两个,一个是吻,另一个是"反吻"湿床单。摧毁亚博维奇既是那张湿床单,也是那个吻。因为"希望和欢乐,不管多么非理性,毕竟要比绝望强大,最终也更有害"。你可以认识生活的真相,但真相只会令你更绝望。

对于爱之责，爱之罪，策兰在《翘起的嘴巴》一诗中写道：嘴唇曾经知道，嘴唇知道/嘴唇沉默直到结束。

5

所有声音中，笑声是最悦耳的。笑同样是嘴巴的产物。

笑是声音中的停顿，无需字词，却有着比句子更多的含义。笑声的功能有时候接近于沉默，意味着一种意味深长的防御机制。沉默和笑之所以也可以算作一种语言，是因为在心理上它们有一个无限的内部。我们有时候忽视语言，是因为语言有它的平庸性——它所有的含义在外部显露无遗，听力成了它唯一的接收器；但谈话中的沉默需要我们开启我们的心智——在沉默的黑夜中，我们必须像一位夜行客即时地扭亮心智的手电筒以便能够踩着黑夜继续向前。至于笑声，则介于语言和沉默之间，很多时候它只是语言的一种省略（比如冷笑、讪笑），更多的时候是友善的停顿（如微笑、大笑）。艾柯说："严肃和阴郁是健康的乐观主义者的特权，笑声则是在悲观中度日者的良药。"笑声可以说是一种正面的语言，接近于音乐。

与笑相比，哭与肉体的关系要近一些。哭紧贴本能，并与痛结盟。如果说嘴巴是人们降生后启用的第一个器官，这个器官来到这个世界发出的第一个声音便是单音节的哭声。哭声可谓我们最早的语言，比笑更早。口绽莲花的荷马和柏拉图，最早是在产床上训练他们的口才的。从单章节的哭声发展到《荷马史诗》和《柏拉图》不过几十年的光阴，这似乎让我们有种错觉，哭声离思想仿佛也很近，不过几十年的时间！！

6

哭比笑深刻。正如悲观比乐观有用和深刻一样。因为乐观者擅长肯定和相信，而肯定便会维持、守成，最后导致落伍和故步自封；悲观怀疑一切，怀疑便会否定，否定便会变化和变革，而变化和变革是事物进步的前提。就这个意义而言，对于世界更有积极作用的是悲观态度和悲观者，也可以说乐观者都活在现在时，而悲观者都活在未来时。相应地，笑声是现在时，哭声则同时是过去时、现在时和未来时。

哭之所以与痛相连，是因为痛感是人体身上的一种提醒机制，是所有感觉里苦行的先知。痛所具有的哲学意义是——它处在疾病与健康之间，在毁灭和拯救的边缘，并经常伴随着自我折磨,以及可贵的自责和自省意识。痛的时候我们会哭,也因此,哭顺势沾染了痛的深刻光华。这就是我们以渺小,以没有光彩的事物,以沉默,以大哭,以失败来开始我们的新工作,比以欢愉,以幸福来开头要容易成功的原因之一。因为在沉默中,在失败中,在大哭中我们会变得警惕和有所准备,这有利于我们观察我们的工作目标并避开那些不好的东西。这同时也是我们出生时要以一阵哭声而不是大笑来开始我们的人生的原因。哭声表明我们对即将面对的世界持以近似于恐惧的戒备,并提醒周围的助产士和我们疲惫而喜悦的母亲清除围布在我们周围的疾病和其他的不适。

我们的人生就是以我们产房里的哭声开始,以他人在葬礼上的哭声结束的一个过程。

胡子

1

保罗·奥斯特在《孤独及其所创造的》中说，每样事物仅仅以功能论，以它值多少钱来评判，而不作为有它自身特性的、本质的物件。在某种意义上，我想这一定令他觉得这个世界索然无味。统一，乏味，没有深度。如果你仅仅从金钱的角度看这个世界，那么你最终根本没有看到这个世界。

说的就是胡子。

胡子看上去似乎毫无用处，毫无价值，统一，乏味，没有深度。它不保护下巴，不遮挡嘴唇，也不怎么美化脸蛋，它唯一的功能就是显示性别。不过在古代，在一度以胡子为尊显的某些国家举行仪式或者重大活动时，国王会在下巴上戴上用头发做的长长的、齐梢的假胡子，而女王则戴用黄金做的假胡子。也就是说，在古代胡子连彰显性别的功能也很弱。在这一点上，它甚至不如眉毛。在性爱活动中，胡子还是一种不必要的阻碍。在接吻这类程度较轻的性活动中，胡子是啰唆的第三者。胡子以浑身散发着食物和唾沫气味的不修边幅的形象，贬低着毛发家族令人崇敬的天职。实际上毛发家族的成员每一个岗位都令人尊敬：头发守卫着智慧；眉毛看护着光明；鼻毛控制着呼吸；阴毛强化着快感。只有胡子，游手好闲，无所事事，围在嘴巴周围，就像一撮头发的残骸。

2

成年人的胡子约有25000根，依不同的部位可分为不同的种类：长在下巴上的叫山羊胡，两鬓连至下巴的叫络腮胡（又叫连须胡子），两颊上的叫髯，蜷曲的叫虬髯。面相学家认为，从胡子上可以看出人的性格：

黑色的胡须：表示此人勇敢，富有行动力。

稀疏的胡须：表示此人文职发达，具有理性。

褐色的胡须：表示此人聪明，才艺超群，且情感丰富。

粗硬的胡须：表示此人个性单纯，正直，且性急容易招怨。

没有光泽的胡须：表示此人性情不定，诸多反复。

有光泽且柔细富有弹性的胡须：表示此人性格高贵，多得人助。

浓密粗硬、长到喉咙的胡须：表示此人具有雄心大志。

不管胡子有多少种种类，它都是被我们的身体流放到皮肤表面的流亡者：少数派，缺乏功能性，无家可归，疏离，格格不入，以及具有随时被清理的命运。胡子的疏离感来自它与同现实，与皮肤，和毛发同类，以及与自己的不协调。"我与犹太人有什么共同之处？我简直跟自己都没有什么共同之处。"（卡夫卡）胡子也许会这样说：我与头发有什么共同之处？我简直跟其他胡子都没有什么共同之处！

胡子遥望头发，犹如游子遥望祖国。无论它被放逐到嘴唇上，还是下巴下，都一样是个独立者，局外人，与其他五官没有任何社交。同现实、同其他毛发家族、现皮肤保持适度的疏离从另一方面讲却是有益的，因为流亡和流浪就命运本身来说虽然负面，但可以帮助我们获得一种陌生感，获取一种新的观看的视角，以便清除自我幻觉。

似乎说的是作家？

3

胡子是人体上一种装饰性的装备。当嘴巴忙于说话，耳朵于忙倾听，眼睛忙于观看，胃忙于消化，肺忙于呼吸时，胡子所要做的，就是让自己在所从属的那张脸上显示出时间的刻度来。它积年累月地倒立于下巴之上，为的就是有机会向人们展示自己的年龄和智慧程度。除此之外，胡子并不参与我们的生存。我们有时候会嫌我们的器官不够美，于是想尽办法去美化它们，我们用各种化学物品去化妆眉毛、头发、眼睑、嘴唇、耳垂，这当中也包括胡子。在这之外，我们还会去制作假发、假胡子、假睫毛、假指甲代替那些我们认为的先天的缺陷；不过我们不会去化妆我们的内脏，如果不是必需，我们也不会去造一只假眼睛、一只假胃、一只假肛门来装饰自己。

4

在拉丁语中，*Bart*（胡须）一词是现代英语中"Barbarous"（野蛮）、法语中"野蛮人"（Barbare）以及德语中"野蛮人"（Barbaren）的词根。在古罗马人眼中，留着长长胡须的人，就是当年拿着斧子在欧洲烧杀抢掠的野蛮人。但尼罗河畔的埃及法老却常用山羊胡来昭示自己的权威地位，那些脸上胡须不多的法老就用粘贴假胡须来确保权威形象，女法老也一样，她们会在脸上装饰假胡须。但在中世纪的欧洲，罗马教廷明确禁止普通僧侣留胡须，因为当时欧洲男子只有长出胡须才算成年，才能接触女人，久而久之，胡须便成了性启蒙与开放的象征，与教会所奉行的禁欲主义背道而驰。1699年，俄国沙皇彼得一世从西欧"游学"回国后，把胡子看成是俄罗斯保守观念的标志，为与西方现代文明"接轨"，下令征收"胡须税"，并对拒绝剃掉传统的哥萨克大胡子的俄罗斯人进行高额征税，从而直接导致一部分坚持旧礼仪的宗教人士从国教中分离出去。无独有偶，"土耳其之父"凯末尔在建立宗教与世俗分立的现代政府过程中，同样禁止公职人员和大学生蓄起象征宗教的络腮胡。

胡子在西方几乎成了一种文化修辞，成为加盖在性、政治、暴力、启蒙、艺术上的一个肉体标签。在中国古代，胡子也是人们脸谱的一部分，如中国古装戏中常用胡子来暗示角色的性格和身份：戴山羊胡的多为大脑发达的书生和奸臣，连鬓胡多为四肢发达骁勇善战的莽夫和武将。演员们用一根铁丝把胡子钩挂在自己的耳朵上方便摘卸，这表明胡子在舞台上是人体的外部，是服饰、道具、灯光和音响的同谋，而不是鼻子、眼睛与生俱来的同僚。胡子不论颜色如何都被做成植物根须的模样长长地垂挂在胸前，巧妙地把演员们的嘴巴藏在里面，因为不论演技多好，演员们粉红色的嘴唇和洁白的牙齿总会像镜子一样把舞台虚构的光芒反射回去。人们害怕真实生活如同害怕虚假一样，因为真实生活作为一场平淡的演出没有明显的开始和结束，而在这里，在虚构中，人们可以控制一切，善恶并不锋利，结局也是预设的，看到演员们把嘴唇藏在那把假胡子下他们觉得就像看到了停顿。

如今，阿道夫·希特勒的"仁丹胡"已成为残暴的一个象征物；达利的两撇卷曲的尖胡子，也成了超现实主义艺术的一座疯狂的纪念碑。胡子就是这样参与了人们个性的塑造和文化的建设。当年，据说，达利为了让他的胡子达到一种夸张的效果，曾亲自研制了它的配方，其中就包括掺入两样不可思议的配料：枣泥和鹅屎。

皮肤

1

很难说皮肤属于皮肤自己,还是属于头颅、脖子、胸脯、手、屁股、大腿、脚趾,是作为表面,还是作为一种独立的事物。甚至很难说,人体的皮肤结束之处是属于我们,还是属于包围着我们的空间。有时候,我们很难判断事物与事物的分界和边缘。也许边界只是我们的一种误视。

皮肤统一、单色、光滑、柔软、封闭,它的一切特征似乎都是为了与内脏区别开来。作为人体的包装物,它必须努力使自己简洁,气象万千的腹腔、凹凸有致的骨骼,以及纵横千里的血管已经使我们的身体成了一架无从观测的机器,皮肤所做的努力就是要掩饰这一切,使人体看上去像其他事物那样可以远视,并且形成一个整体。这样,当我们看到自身时,不会看到血管,不会看到骨骼,不会看到神经,不会看到食物在我们各种消化器官间的短暂停留,也让我们闻不到我们体内的气味,听不到我们体内的声音,也就是说,它藏匿了我们的内部,藏匿了运动,藏匿了过程,让我们变得不那么琐碎。

皮肤包装了我们,成为我们的轮廓,我们的边沿。也正是皮肤,使我们完全不能与别人相融合。也就是说,是皮肤首先区别了我们。它让我们成为一个独立包装的产品,这种形式上的独立才最后决定了我们要独自思考,独自承担一切,独自地生,独自地死亡。

所以,皮肤的本义首先是区别、独立、拒绝,然后才是保护和美化。

2

在我们的皮肤里面,我们放置了很多脆弱的器官,那些器官虽然也各自有表面,但没有一个表面像皮肤那样的表面那样有用。我们有时候甚至会把人体表面与表面之间的相碰叫作爱,或者恨,其间的区别只看相碰的部位以及轻重,也就是说,皮肤是最早和最直接地承受人际关系的人体组织。大部分人对别人表达关系都只是在皮肤层面上进行：握手、亲吻、拥抱、揪耳朵，打屁股……只有关系最为亲密和最为仇恨的人才会碰触对方的内部，例如做爱，例如用刀子杀人。

不过，外科医生与病人的关系另当别论。

3

皮肤是我们身上最为谦和的一个模拟物。它自身没有造型，它在空间上所具的一切形态都是别的人体组织给的，如鼻子、耳朵、乳房、手、脚趾，它不过是依照它们的样子勾勒了自身。皮肤是最谦卑的造型大师和雕塑家。所以也可以说，皮肤在身体上只有整体的意义，在局部上，它都是他者。它的任何一小块面积都是别人的：鼻子、耳朵、乳房、手、脚趾……皮肤让我们独立出来，但它自身却没有独立性。皮肤唯一让其拥有存在感的是它的颜色，我们甚至会用皮肤的颜色去区别人种、白种人、黄种人、黑人、混血儿，人体皮肤颜色之间的分别有时候甚至大过体形。不同的人种之间在内部器官的颜色上都很相似，但在外在皮肤上却差异很大。在进化过程中，人类的遗传基因顽固地在皮肤上做了一个重大的停顿，这么些年过去了，当我们其他的一切（口音、饮食习俗、文化、语言)变得极为相似和相互融合的时候,皮肤仍然利用它的油彩在我们身上留下祖宗顽固的痕迹。

4

因为衰老最早体现在皮肤上——衰老的过程就是我们向内收缩,就像是从我们体内长出一股向心力,让我们向里收缩,骨骼变短,肌肉失去水分变干,而皮肤紧随着开始起皱,因为它包裹的一切被这股向心力吸收了。身体的密度变得越来越大,变得越来越像宇宙中的黑洞,从我们身体深处长出来的引力让我们变得越来越小,越来越浓缩,而这个浓缩的我们的最里边包裹着的不是别的,正是我们恐惧的死亡。我们恐惧死亡,便顺带着恐惧衰老,于是我们会花很多时间用来维护皮肤。我们尽量让皮肤显得湿润、饱满,让它显得有弹性、白皙。但是随着年龄的增长,我们的皮肤仍旧会不可抑制地出现皱纹,变得发亮,长出褐色的斑痕,局部则会出现黑色素缺失的白斑。到最后,它就像一件松松垮垮的旧衣服挂在我们的身体上。它没法儿替我们掩饰更多了,我们透过薄薄的肌肉看到了骨骼,看到了人体最初简陋的造型,就如毛坯,它同植物很像,像一段树干,也像一块岩石,像地球上所有的原材料，而不是创造物。人在死亡后也将重新变成一份原材料，用以孕育其他形式的生命。

5

皮肤作为衣襟最为著名电影要数《沉默的羔羊》了，这部根据托马斯·哈里斯的同名小说拍摄的电影讲述的是一个变态狂的故事。一个叫"野牛比尔"的罪犯，因为童年时受继母虐待，他憎恨继母，也憎恨自己。于是他设置了一系列的连环凶杀案，他诱捕那些年轻女性，然后在家中杀死她们，剥下她们的皮。当他穿戴着她们的皮肤时，他有了一种新生的感觉。他觉得自己是另一个人，不再是那个不快乐的受继母虐待的男孩，他将通过这种身份的转换获得了童年时不曾得到的温暖和爱。

野牛比尔把皮肤当成一件舞台上的戏服，以为穿上它可以让我们变成我们想成为的那个人。我们不喜欢自己——几乎所有的人都不喜欢我们自己，哪怕我们并没有一个刻薄的继母，但我们同样想成为别人。穿上别人的皮肤，化装成别人的样子，学着别人的口吻说话，用别人的思考武装自己——这一切只是一场演给我们自己看的戏。加塞特说："我们的生活中有一大部分是善意的伪装，是自己演给自己看的。我们假装出不同于本质的存在，而且是很真诚的假装，不是为了欺骗别人，而是为了让我们在自己眼中值得尊重。我们是饰演着自己的演员。"我们就是穿着自己的皮肤，在我们自己的皮肤里，我们的想法、感觉、思想也有很大一部分不属于我们，这些凌乱、相互矛盾的感觉、想法、思考并非发自我们的内心，很多是社会环境、群体生活落在我们心灵外壳上的公共财产，就像路上的灰尘落在行人的身上一样。我们没法全部是我们自己。我们允许自己一部分取自自己，一部分借自别人。我们身上的皮肤，只是将我们相对独立出来而已。

头发

1

人长头发这件事使我们在形象上与植物形成了遥远的押韵和对称——植物将根须长在下部，而我们把根长在顶部。但是我的"根"只行使保护智慧——脑袋——的功能，与灵魂和转世无关。从形状上看，我们的头发的确是一种类根的物质：细条状，不停地生长，长到一定时候会开叉。但植物的根须是一个吸收的器官，它从土壤里源源不断地给枝条、叶片、花朵提供营养；我们的头发却只索取不供给，它本质上是一个消费的器官。

对比植物根须的务实、谦逊，头发显得华而不实，在功能性上，头发只是轻微地保护着我们的脑袋不受伤害，名义上保护智慧，但它自己那副轻浮的模样常常使它的保护对象遭受非议，久而久之还形成一个反比：头发长，见识短。言下之意就是，头发越多，智慧越少；智慧越多，头发越少。聪明的、思虑过多的大脑往往秃顶；而那些胸大无脑者，往往长着一根油黑的辫子。

2

毛发家族是我们身体上最为迥异的部件。第一，在形态上它们更接近于物品而非人体（含水量只有10%）。第二，它们往往以数量取胜（其他器官多为单数或双数）。第三，摘除别的器官是医学事件，去除毛发却是美容事件和娱乐事件。第四，它是人体最后腐烂的组织。

毛发家族成员可囊括睫毛、眉毛、鼻毛、耳毛、汗毛、腋毛、阴毛、胡子。作为老大，头发是毛发家族中的旺族，不仅因为高居其位，还因为它数量庞大——一个人身上头发约有12万根，每平方厘米就有200至300根。头发也是毛发家族中最能长的（每天长0.27至0.4毫毛），世界上最长的头发的纪录是黑人女子Asha Mandela创下的，她的头发长达17米，重19公斤。

3

　　头发是人体的遗址。虽然在头发的生命周期内,它努力要脱离人体,但在人体组织腐烂后,它却是最后一个留下的。人们从它身上提取各种基因信息,以便把死者生前的时间建立起来。在这个意义上,头发是一种浓缩、理性和克制的物质。它很早在它小小的细长的方寸之地聚集起了其主人的主要信息,并且几乎不产生变化,它沉睡在土壤里,冷眼旁观周围微生物的生生死死,看着植物的种子小声地打开自己,听到雨水落在岩石上的啪啪声,它还听到风,有时候太阳的温暖也会到达它周围,之所以这样聚精会神是因为它以为自己有一天能重见天日。但死亡到底是大事物,它不过是最后一个死而已,最终,它成为土壤的一部分。但即使是这样,也要花上几百年甚至上千年的时间。

　　头发以它的最后死去来争取它最后的独立和自由,但头发一生所追求的独立和自由,说到底并不是真正的独立和自由,就像日本禅师铃木大拙所说,当一个人否定自己并融入整体,他才是自由的。当他是自己又不是自己时,他才是自由的。

　　对头发来说也是如此。

4

头发和它的家族成员一样，是与其他器官最少互动的部件。它们生长的目的不是成为身体，进入身体，而是为了逃离身体。它们将身体视作牢笼，尽其一生要离开皮肤的表面，脱离身体，成为其他事物，成为独立分子。它们习惯于向外张望，所以人体也并不怎么珍视它们，有时候甚至会主动而厌恶地清除它们。因为其在功能性上的几乎没有什么存在感，后来，头发就渐渐发展成了人体的意识形态。人们通过它的多少以及对它的态度来判断其性情、政治取向、价值观。

最著名的当属僧侣。

削发是佛教僧侣行当最为主要也是必不可少的一个仪式。将头发去除有三重含义，一是头发代表着人间的无数和烦恼和错误习气，削掉头发就等于去除了烦恼和错误习气。二是削掉头发就等于去掉人间的骄傲怠慢之心；去除一切牵挂，一心一意修行。三是为了区别印度其他的教派教徒，将光头发展成佛教的Logo。

削发是一种自残行为。不过在所有自残行为中，它是程度上最轻的。人类有一种自残的倾向，诸多自残行为包括削发、穿耳洞、打鼻孔、戴唇环、文身、割包皮、割阴唇、裹脚，以及去除整个男性生殖器等，五花八门，极尽可能之能事。自残行为的功能多种多样：明志、归宗是一类，美容是一类，惩罚另是一类。穿耳洞、打鼻孔、戴唇环、文身、裹脚，是为了美容；割包皮、割阴唇、削发，是一种归宗行为，在身体上留下记号，以便区分异己和敌我；割去整套男性生殖器则有两个功能，一是惩罚，二是求职，如中国太监。削发为佛教独有，割包皮则为犹太教所有。似乎宗教都青睐于自残，不管是东方的宗教还是西方的宗教，都有一种将人的身体视为敌人的倾向，因为身体总要将人们拉回人间，致使灵魂无法专注而升天得道。

佛教把头发比作尘俗烦恼这种隐喻令人们轻视头发，并把它当成身外之物。对他们来说，甚至身体的其他部位和其所产生的需求也须加克服，如胃，要抑制它食肉的本能以至最好保持饥饿状态，这样才能有一个清醒的大脑；性器官，要禁止它交配，以防迷乱；眼睛须经受反复诵读同一本经书的枯燥折磨；腿最好不要涉足繁华之地……宗教教徒（尤其是佛教徒）可以说是对人体最有敌意的一个人群。此外，政治家也是对人体不怀好意的另一个人群。在中国清代，政治家们要求他们的子民剃发编辫，因为剃发编辫意味着弃明忠清。剃发留辫源于北方女真族的风俗习惯，后来成为征服外民族的一种标志，投降或归附满族者须剃去四周头发，扎成辫子。于是男性前额光亮，后脑拖一根粗辫子在那一时期成为时尚的风景。但辫子终究要剪去，到了民国，为了反对清政府，剃发热潮又瞬间兴起，剪不剪辫子又成为一个政治事件。甚至还爆发了几起流血事件，如山东昌邑县1912年7月发生一起剪辫惨案，"无辫之人"被一群辫子痞子打死了二十七人，暴尸弃市，惨不忍睹。

不仅是宗教人士、政治家，普通人也喜欢拿它做文章。因为与其他器官相比，头发在最轻程度上代表了"我"，而且最可以立竿见影，一目了然。可以说人体中没有哪一个部件或器官比得上人们对于头发的滥用。中国古代成年男子行冠礼、女子及笄，都要将头发盘结，并以簪子贯束之。巴布亚新几内亚的Huli Wigmen原始部落，男子在二十岁之前会离开他们的群落去"单身汉学校"学习十八个月，学成归来的成年男子最大的变化就是发型变了，他们给自己做了一个夸张的发型，像碟子或茶托高高耸立在脑袋上——这个发型要保持终身。

从秦朝开始，在中国剃光头就是一种刑罚，这种刑罚叫作"髡刑"，即剃光犯人的头发、胡须和鬓毛。这是一种彻头彻尾的羞辱，意在从人格上贬低犯人，在精神上对犯人予以打击。没有了头发，即意味着你是一个有缺损的人，被剥夺的人。这与佛教中主动剃去头发不一样。在刑法上，头发仅仅意味着肉身的一部分，并没有佛教中那么多的寓意。

在欧洲，人们对秃头人们有一种本能上的恐惧，头并为此发明了假发（据说古埃及人在四千多年前就开始用假发了，是世界上最早使用假发的民族）。在古代欧洲一些国家，头发稀疏或秃顶军官会被一些希腊领地的长官拒绝为他们安排工作。罗马人甚至曾经打算让议会通过《秃子法令》禁止秃顶男子竞选议员，秃顶的奴隶也只能卖到半价。古希腊、古罗马有些人认为秃头的人是受到了神的诅咒，于是把秃子视为罪人。秃子们为了免受歧视，就戴假发遮住这个倒霉的瑕疵。假发还需要扑粉，于是巴黎的假发匠整天拿着梳子和粉扑满街跑，如果你想为头上的假发补补粉，假发匠会领你到楼梯口，把粉扑用力向天花板上拍打，粉扑此时便会如雪花一样散落在主顾的假发上。值得一提的是，在几十万英国人和法国人饿得要死的时候，大量的面粉仍然浪费在假发粉上！直至英国政府在1795年起每年向发粉征税一畿尼，才令假发和假发粉的时尚于1800年代消退。

将秃头视作罪人，一方面是人们害怕贫瘠，害怕缺失，害怕裸露；另一方面，人们把头发当成大脑的外套，使想法与真正的外界之间有一层阻隔，同时，人们希望在自己的想法与他人的想法之间有个中介，缓冲。秃子的形象令他们感到受伤。秃子裸露、直接、肉体化，并显得脆弱不堪。秃头还与疾病相关，秃头性功能都不好，做过化疗的癌症病人也会脱光头发。但秃顶却与智慧相关，科学证明秃顶的男性在空间识别能力与数学才能甚为密切，那些容易脱发和秃顶者，数学等方面的才能远远高于一般男性。这个结论我们让很容易想象，如果大脑是果实，头发是枝叶，在植物身上，这会导致两种结果：一棵果树叶子长得太过茂盛，果实就长得不好；相反，果实累累的树叶子多凋零。

血液

1

真正能够体现人体是一具运动着的身体的,恐怕是血液。

我们很难想象居然在身体里铺设了一段长达9.6万公里的管道,这段管道每天忙忙碌碌,运送着微小的肉眼看不见的细胞,几十年如一日,且从不停顿。

这段管道没有起点。心脏虽然是它的一个停靠站,但没有任何迹象表明它曾在这里做过停留。它也没有终点。但它无所不至,从指梢到虹膜,从舌尖到脚趾头,每天往往返返,从不厌倦。我们也听不到它的声音。它不澎湃,不任性,不平静。平时我们甚至看不到它。它一部分深入肌肉内部,另一部分将自己藏在内脏之中。它不像骨骼那样棱角分明,也不像神经那样彻底地隐居自己,它只有在人体受到伤害时，才会从身体里涌出来，作为伤口的一部分，或者单独成为一个伤口。但它很节制，它懂得抑制，在关键时刻会用血小板当作大门合上我们的身体。

　　血液是我们体内最为优秀的运动员。作为一名马拉松赛手，它优秀的品质在于能够逆来顺受地忍受重复。没有一个马拉松运动员能够忍受这样的行程：9.6万公里的路段没有一个可以计算里程的终点。当然，它看上去很多地方都像终点：手指头、头皮、脚趾、鼻尖、耳垂、眼皮……这些身体末端很容易到达，但它却不曾在那些地方休息，因为那些处所并不是消失的地方，也是开始的地方——身体的很多部位都有这样的特征。有些毛细血管虽然似乎像分叉的树枝一样伸入身体的蛮荒之地，但从未在那里迷失过——它们所运输的血细胞只有120天生命，短命使得它们更偏好迁徙而不是定居。

　　在很多时候，家并非一个处所，而是一种状态。对于血液来说，行走便是它真正的家。

2

　　血液的网络从内部将人们紧紧抓住，它是人体向内生长的根，它汲取自己的营养，然后供养身体的其他部位。

与其他器官相比,血液也更像是一个总的器官,它与人体任何一个部位都有结盟,却不深入地加入它们,成为它们的一部分。

古希腊人认为,最微小的侵害或伤害均与液体相涉,生命本身就是一种流动的物质。在人体的液体家族中,他们认为,血液、黄胆汁、黏液、黑胆汁是四个最主要的角色。四种体液,即血液、黄胆汁(实际上指的是胃液)、黏液(包括眼泪和汗在内和各种无色分泌物)、黑胆汁构成了宇宙的四体。血液动荡,似火;胆汁既热且干燥,似空气;黏液寒冷而潮湿,似水;黑色体液黑胆汁寒冷且干燥,似土(古希腊人认为人们之所以生病是因为体液失调,健康的人体须定期排净体液,如放血、催泻、排汗、灌肠。迷信排液养生法的路易十四几乎每周都要放血,一年他得忍受四十七次的放血折磨)。不同的液体维持不同的身体功能,但其他的体液均身居一隅,如胆汁、胃液、汗液、唾液、爱液、眼泪都有其固定的场所,唯血液能够到达身体各处,它不寄居在任何一个器官里,它有它自己的线路和方向,常态,热情,侠义,敢于为一切器官抛头露面,是人体中真正的左派和革命因子。血液以变动不居作为对于人体唯一的礼节,没有它,人的生命就得姑息。

3

血液同脚一样，在功能上算是一架运输机器，但脚运送的是笨重的人体，血液运送的货物却轻便，如氧分子；如身体各种组织在代谢过程中所产生的代谢产物尿素、肌酐及二氧化碳。这些物质如此微小，接近于抽象，以至于人们以为血液只运送它自己，当食管一次又一次重复着把牙齿切碎的食物运向胃部时，血液却在血管里悠闲地踱着资产阶级的小方步不知所终。它务虚地左右奔腾，不及物地上下逡巡，似乎对器官们的每一次到访都无所作为——在其他器官看来，血液是人体里徒有其表的配置，它不参与消化，不参与呼吸，不参与生殖。事实上，要是没有血液，人体这架大机器很快就会很快罢工，科学家们正是利用血液的这个特点，发明了一种假死来保存那些不想立即死去的人类的躯体：他们抽空那些参加永生计划的试验对象的血液———一旦失去血液，这些身体里的其他器官就开始休眠，直到有一天这些身体被重新注入滚烫的血液。

4

人们恐惧血液，是因为血液的每次出现几乎都会给人带来噩运，除了生育和冷冻人体这两件事。死神最愿意将血液当成他莅临人间的信号灯，他举着它在充满欢声笑语的人间大陆上寻找各种猎物。举着这样的信号灯一方面是死神可以用来照亮和辨认垂死者苍白的脸孔，另一方面用它与物体形成的阴影可隐藏他自己阴沉的脊背和黑色的长袍。死神四处捕获人类，有时候是在一条开满鲜花的小路上，有时候是在风光绮丽的悬崖下，有时候是在充满刀光剑影的战场上，有时候则只是在家中舒适安逸的睡床上。人们并不愿意主动去死，因为死意味着很多的分离，与亲人，与地方，与记忆，与经历，与自己。只有自杀者才会从另外一个角度去想问题：活着只是局部，死才能统揽全局。分离并不是损失而是完成。因衰老而死去的人会死得像慢性病，他们的身体像海绵一样慢慢吸收时间，吸收老，吸收死，吸收别离，直到有一天死神找到他；因意外死去的人则都是一次性的死，车祸、摔跤、搏斗、枪击、爆炸、跳崖，这些死是屏幕的突然断电，死神此时会觅着血液的气味和亮光挥着镰刀瞬间收拾残局。

因为死亡与血液的这种亲缘关系，人们于是觉得，复活肯定与血液有关。在死去的那个无边无际的世界里，有一些留在地狱里的孤魂野鬼不甘心他们的命运希望能够重返人间，重返的理由五花八门：为了了却一段未果的姻缘,为了捉弄仇人,戏弄路人,甚至只是想看一看亲人的脸……总之,他们挖空心思地想回到我们身边——复活的法宝之一是吸取活人的鲜血。吸血僵尸就是这么来的。把血液想象成一种次灵魂的物质,一种连结生与死的灵丹妙药,拥有它就能重启生命,这是人们以自己的能力所能想出来的一种简易的复活方式。这种复活方式还颠覆了现代医学,编造这类故事的人让人们相信食管可以与血管相连,吃下去的血液很快就可流入血管。血液就像是鬼魂访问人间的护照,有了它,死人就可让自己的身体起死回生,也可与其他生者进行沟通。

与西方吸血鬼文化不同,中国的神话故事倾向于把鲜血当成食物而不是药。《西游记》里的白骨精以血液为主食,她奇异的食谱成了当地的一大灾害,只要是路过她穴居的山洞,没有逃得过她的血盆大口的。白骨精吸血时只要在人的身体上咬个洞,就像易拉罐上为便于人们吸食而开的一个口子一样,不消一分钟身体就成为一个空皮囊了。传说这个饕餮者长得美艳动人,经常使用色诱来猎捕活人,唐僧就差一点中标。

5

　　血液意味着激情和活力，相应地，冷血就意味着冷淡，不激动，不同情，不深爱。"冷血动物"这个词本义指的是变温动物，即那些血液温度随外界环境的变化而变化动物，如蚊子、青蛙、乌龟。但我们用得更多的却是它的引申义。我们常把"冷血动物"用在那些情感冷淡的人类种类上，在我们看来，这类人的血液不是为了流动，而是为了成为血管，它们牢牢地固定在身体里面，不沸腾，不激动，只是为了给人体命名。他们视激情、动情、同情为污垢，必须从自己体内去除，也无视他人体内的激情、动情、同情。他们情感的镜子背面没有水银，反射不了任何来自他人的温暖的光。布努艾尔执导的电影《维莉蒂安娜》中，女主人公用继承来的遗产收留了很多乞丐，她冷漠的堂兄对此冷嘲热讽。面对堂兄的诘责，女主人公奚落他：你有血管，但没有血液。

　　冷血动物其实是一种理性过头的动物，他们相信秩序，自我，规则，相信在生存之外，在本能之外没有任何多余的东西。对于他们来说，很多人类行为都不过是修辞：爱其实是性交，自我牺牲其实是自我厌恶或自我摈弃，民主其实是骗术，自由其实是幻觉，道德其实是诡计。世界不为人们做决定,它只是存在着。人们看着世界,世界并不会回敬他以目光。

波兰女读人辛波斯卡曾写过一首《一粒沙看世界》,冷血动物就是这样一粒粒客观存在、不感知的沙粒:

我们称它为一粒沙,
但它既不自称为粒,也不自称为沙。
没有名字,它照样过得很好,不管是一般的,独
　　特的,
永久的,短暂的,谬误的,或贴切的名字。

它不需要我们的瞥视和触摸。
它并不觉得自己被注视和触摸。
它掉落在窗台上这个事实
只是我们的,而不是它的经验。
对它而言,这和落在其他地方并无两样,不确定
　　它已完成坠落
或者还在坠落中。

窗外是美丽的湖景,
但风景不会自我观赏。

> 它存在于这个世界，无色，无形，
> 无声，无臭，又无痛。
> 湖底其实无底，湖岸其实无岸。
> 湖水既不觉得自己湿，也不觉得自己干，
> 对浪花本身而言，既无单数，也无复数。
> 它们听不见自己飞溅于
> 无所谓大或小的石头上的声音。
> ……

虽然感觉是我们自己的，但人们活在世上感觉并不重要，因为感觉与幻觉很相似，甚至比幻觉更糟：我们看到桌上有一本书，但合上眼睛书就不见了；我们合上眼做梦，梦见一本书，但醒来就没有了。在产生图像和让图像消失在这两件事上，感觉与幻觉如此相像——感觉与幻觉不一样的地方是：我们能感觉到的东西他人也能感觉到，我们感觉到的内容与他人都很相像，如我们都能看到桌子上的那本书；但幻觉却常常是独一无二的，它从来只属于制造幻觉的那个人，就像梦。而生活和梦与幻觉也没什么区别：生活是一个平凡而单调的梦，是一个每天都会出现的顽固的幻觉；梦和幻觉则是一种偶然出现的很快会消失的生活。

血液奔流着,但它只是在属于自己的一个封闭的空间里,如同人们思考着,但只是在自己的立场上。冷血动物们看到了这一切。他们不相信。所以他们不回应。

骨骼

1

在造型上,骨骼给了我们人体以最为周到的许诺:球形、楔形、扁板形、长方形、梯形(人体最长的骨头是股骨,即大腿骨,它通常占人体高度的27%左右,耳朵里的镫骨是人体内最小的骨头,它只有0.25～0.43厘米)……总计206块骨头以其应有尽有的模样让我们形成了结构,为我们制造出了空间,同时还赋予我们身体以硬度。

我们习惯于把骨骼当成一件宏观的东西,尽管骨骼自身就充满了那样多的细节——因为有了骨骼,我们就有了架子,有了轮廓,有了方向。我们与动物外形上最大的差异就是这个架子,动物们的架子匍匐在地面上,极力模仿被地心所吸引的样子;而我们则像哥特式建筑那样,高高地耸立着,极力去接近天堂。骨骼的造型证明了我们比动物具有更多的神性或向往更多的神性。

2

对于内脏来说，肌肉是一种过渡性的人体组织；对于骨骼来说也一样。这三种基本的人体组织就数骨骼差异性最大，它坚硬、脆弱，有着蜂巢状的内部，接近于岩石。一方面骨骼被肌肉保护着，另一方面它又保护着内脏。在胸腔里，骨骼给人体最重要的几个器官（如心脏、肺、胃）搭建了一所扇形的抗压的房子；在躯干之外，骨骼又极力延伸自己，将四肢长成方便活动和运动的工具。也就是说，骨骼不但为我们提供了结构，还提供了保护，提供了力量，提供行动，提供了自己的命运。

骨骼知道停顿的重要，所以骨骼发明了关节。在身体中，骨骼的中断使运动成了可能，特别是在四肢上，骨骼尽力让自己长成一些虚线，这样，运动时力量才可在每一段骨头上传递。骨头们知道，要是它们是一个整体，一条直线，那么，它们就必须忠诚于它们的起点：它们不能弯曲，不能改变力量的方向，移动也相应地会变得困难。关节可让一部分骨头运动起来，而另一部分骨头保持静止状态，这样，人体才可以做出婉约的姿势。

僵尸就是这么定义的。僵尸就是骨骼焊住了它所有的关节，就像一个真正的脚手架，当它运动时，它只能是整体地向前或向后的位移。骨骼也是死神偏爱的外套。在西方文化中，死神都是一副空荡荡的骨架的模样，因为死神是没有灵魂的，所以死神无须费心用肌肉给自己做一个藏放灵魂的盒子来；也正因为没有灵魂，死神的性格非常单纯，它偏执，本分，勤劳，奉公守法，总的来说是一位忠于职守的好员工。骨架披身的死神的确没有我们想象的那样可怕，因为一切都在秩序里面，天使是用来挽留生命的，死神是带走生命的，就像一家剧院的入口和出口，无所谓善恶。生与死属于秩序不属于人，就像出口与入口属于剧院，而不属于观众一样。墨西哥人就认为生与死都不属于自己，所以每年他们都会在特定的日子来庆祝死神，他们给死神献上万寿菊去奉承它，举行各种狂欢节目拥抱它，还为它摆上各种糖制供品。墨西哥诗人帕斯是这样解释他的同胞的生死观的："婴儿——处于动物的无知状态——观察开放之地，而我们从不向前看，从不注视绝对事物。恐惧使我们转过脸来，背对死亡。当我们拒绝观察死亡时，我们必定向生命关闭，因为它是一个整体，它自身饱含了死亡。"

3

骨骼其实不只是身体里的保安和运动员,骨骼还是一位化学家——它自身其实就是一座化学实验室,它为我们人体制造出了红细胞和白细胞;同时,它也是一座仓库,存储着各种我们从食物和水吸收来的矿物质。在其主要成分是碳酸钙这件事上,骨骼显得更像是地球上的一部分、前岩石,当我们的肉体腐烂之后,只有骨骼最终会变成岩石留下来(要有特殊的地质条件人体的软组织才能变成化石)。骨骼为我们人体在岩层中画出了一幅简约的速写,它在岩石内部对我们进行雕刻,把我们死亡的姿势留在那里。人类最早的骨骼化石是加拿大北极地区的石灰石中发现的一截手指,约在1亿~1.1亿年前。骨骼是我们人体热爱无限的一个标志,大脑是另一个,保存我们的思想需要书籍这样一个中介(现在我们已经为它添加上了电脑);保存我们的身体则需要得更多:炽热的岩浆,密封的沙层,对囚禁的热爱,缄默以及对缄默的热爱。

化石是时间和空间在我们骨头上的热烈拥抱。

4

骨头被我们不加分寸地隐喻着，骨头经常成为我们一个重要的后缀：软骨头，硬骨头，贼骨头，贱骨头。这让我们觉得，仿佛骨头监管了我们的属性，人体有一个骨头这样一个中心，"骨气"这个词也是这个意思，我们把人与人在性情上的区别都归结为骨头，骨头成了我们深刻的内在，一个轴，一个底色，一个原点。一个盗窃成性的人，叫"贼骨头"；一个生性软弱的人叫"软骨头"；一个坚强不屈的人叫"硬骨头"；一个没有自尊的人叫"贱骨头"。在人际关系这件事上，骨头为我们撑起了一个支架，我们把大脑的一部分功能归之于骨头，我们假想人体的这个部分可以为我们进行决策——事实上，现代医学也证明，我们人体组织每一部分的区别都为我们之间的性情差异贡献了原因：血型，左右脑脑容量上的差异，激素分泌的差异。分子间每一条不同的空隙都使我们成为这样或那样的人。我们其实是各种差异交叉形成的结果。在我们的体内，我们的差异过剩，在我们的体外，事物也差异过剩——我们无须为我们的独特性道歉，我们无须为自己不能融入人群而不安，我们是神圣的例外，是有意的不同，是被允许的越轨。

5

在古代，人们的确以为骨头是人体里一个重要的配件，当复活时刻来临，我们的身体需要重组时，骨头是最核心的所在。医生加斯帕尔·博安在他的著作《解剖学剧场》中说："死在人的身体里，存在着这么一根骨头，无论水火或其他元素都无法将之摧毁，也不会因为受到任何外力而被折断或打碎。到了最后审判的那天，上帝在其上面浇之以天堂之露，它四周血肉肢体又复再生，从而聚合成一个躯体。"当时人们以为我们的身体里有一根重要的骨头可以为复活起到关键性的作用，至于这根骨头在哪里，却没有统一的意见。解剖医生们认为它长得像一颗豌豆，并且位于大脚趾头的第一个关节处。而犹太教法典的研究者们则认为如果它不是十二节胸椎骨的第一节骨头，那么它就应该位于颅底。

骨头这么重要，人们觉得应该将它予以收藏。为众生受难的耶稣是人们收藏人体残骸（主要是圣骨）的一个兆始：为了拯救人类，上帝将耶稣钉在了十字架上，在他死去之前，他的身体还受尽了百般折磨。钉在十字架上的耶稣身上有很多伤口，即左手、右手、左脚、右脚和肋骨处的著名的"五伤"。这些伤口既反映了苦难，也反映了上帝的神圣、拯救和恩宠。于是后世,主要是在中世纪,人们风靡起了收藏为了追踪耶稣的圣迹而升天的圣徒的尸体残骸:骨头、头颅、血迹、毛发、肚脐、包皮,尤其是骨头,即圣骨。人们把一些逝去的圣徒的骨头碎片带在身上,认为通过同它亲密相处可以监管自己失序的行为。有些信徒还将圣徒的骨头熬汤每天喝,有的虔诚的信徒给骨头装饰上了华丽的珠宝。这些代表着圣徒灵魂的骨头据说可以包治百病,只要让它与病人接触,病人立刻就能恢复健康。当然,最为重要的是,这些骨头是一块酵母,它的存在能够让圣徒的善行像发面一样在人间传布开来。在圣骨的光芒之下,人们觉得自己的灵魂离上帝越来越近,离永恒越来越近。

《圣经》的故事一度让科学,主要是医学无所适从。如果一切都是真的,那么,男人就应该比女人少一块骨头,即205块,而不是206块。因为当初亚当为了排遣寂寞,从自己身上抽取了一根肋骨用来制造夏娃。

肌肉

1

肌肉是我们身体里的一些线。

这些线以集合的方式包裹着骨骼，包裹着血液，包裹着神经，包裹着内脏，并让皮肤紧贴自己，从而将骨架高大模糊的造型显现出来。肌肉含着骨骼，就像肉体包裹着灵魂，它让骨骼与其他器官和空气之间建立起一个过渡，以免让骨骼的坚硬碰触到柔软的内脏和血液，也避免了骨骼的脆弱受到外部世界的伤害。在面对光怪陆离的外部世界，肌肉的柔软作为一种过渡是一种妥协。

在解剖学的注视下，肌肉的确就是一些纤维，无数多的纤维填塞在骨骼、器官与皮肤之间的空隙里，构成了人体体积最大的组织单元。纤维在生理学上——用哲学家狄德罗的话说——作用犹如线条在数学之中。正是线条们的变化和运动形成了各种各样的几何体。同理，也正是肌肉的纤维们通过伸缩，牵引带动了骨骼产生各种运动，产生了姿势，形成了力量。因而人们常将肌肉，这些纤维线束视作活力的象征。狄德罗认为"哲学家的'梦想'就是要在身体的内部空间中将无穷多敏感、活跃的'束与线'错综纠结在一起"。

既然连哲学家都崇拜这些敏感的肌肉"束与线"，男人们为了向他人展现自己的男性魅力而蓄养自己的肌肉就不足为奇了。健美运动员就是在这样的一种偏见下应运而生的奇葩。健美运动员将肌肉视作身体这棵大树上结出的果实而不是一种功能，他们展示肌肉的立体感、坚硬度、紧致度、弹性和光泽感，并让人们深深崇拜。但对肌肉的崇拜和嗜好一般只体现在男性身上，对女性而言，肌肉并不是人体最好的装饰物，除了一些必要的部位，如乳房和屁股。女人既然作为一个受体而存在，肌肉就不应该成为骨骼和力量的帮凶，而应该集其全部的柔软为男性提供安慰和温存。有些部位最好能够看到骨头，如肩胛处，因为女人体现的是线条和遗缺，最好不要有宽度和厚度，应显得像是一个未完成的等待男人来补充的作品。她还应该是一种沿着混乱的秩序变化着的液体、曲线、容器，在视觉上，她不应该以其宽度充盈人们的眼眶。

2

无论提供力量还是温存,肌肉都必须有弹性,也就是说,它每一次被摁、被挤、被揉、被掐都必须回到原点,正是肌肉所具有的弹性,使我们的身体有一个固定的造型和基本的轮廓。能够出发,又能回到原点,是肌肉的追求。骨骼通过硬度来坚持自己,但在硬度上"山外有山,楼外有楼",骨骼的硬度总会碰上更大硬度的物体,如岩石、铁器;而肌肉的柔软却几乎没有敌手。肌肉包容、缓冲、抚慰、温暖了朝向它的一切,它是身体上的和平。

肌肉还美化了我们。它将骨头所形成的锐角深深隐藏,它联系起了所有大大小小的骨节,它填平了骨骼与内脏的空隙并把身体变成许多面,它在面上面建立起许多起伏,最后通过这些起伏区别了我们:我们看到的人,并不是直接的骨骼、血液、内脏、神经,而是肌肉。肌肉让我们显得像是一个软体,尽管我们的身体里藏着一个骨骼做的坚硬的结构,在结构里又有一些更软的内脏——我们的身体正是这样,通过包裹着各种各样矛盾体的方式,让自己在这个复杂的世界里生存下来。

肌肉的起起落落也让我们感受到健康和时间在我们身体里的变化。当我们衰老时,我们身体里的那些纤维,也就是肌细胞线粒体DNA开始分裂、老化，水分逐渐减少，肌纤维变细，肌肉总量逐渐减少，脂褐素沉积增多，肌肉韧带萎缩……我们变得越来越小，肌肉变得就像是刚刚获得了重力开始下垂，也就是说，衰老把肌肉吸向地面，让我们渐渐去接近岩石和尘土——肌肉最后总会变成坚硬的岩石和尘土！在衰老的最后那几年，我们的肌肉变得越来越软，越来越薄，它与骨头之间越来越无法像年轻时那样密切，它们的联姻再也产生不了任何力量——最后，我们那具似乎混沌、感性、偶然、暂时又但终极的身体，在死亡的授意和追踪之下，扑向真正的地面！

3

一个人体旅游者对另外一个人体景点所能达到的最远的深处，就是看见对方的肌肉，肌肉包裹着这个人的内脏和内心世界，在这样的旅行中，一个人看上去是那样简洁。整架身体的运作都在肌肉和皮肤之下，看不见内脏和内部生活，看不见那列始终行驶在我们身体里的命运的列车，我们能看见的只有脸，只有胸，只有腹，只有腿，只有手，只有手指与手指之间那条又深又浅的沟壑——这些肌肉的造型是我们眼里能看到的一切。在我们眼睛里，肌肉成了独一无二的现实，就是交媾也是肌肉之间的交媾。在性关系中，其他人体组织无能为力：毛发无法对话，骨骼无法交合，血液无法交换，内脏无法互融，只有肌肉可以相互之间进行摩擦，这些摩擦让我们快乐，这些摩擦构成的现实主义让我们的生活变得有所追踪。

我们需要大脑，是因为想让这个看上去已经很大的世界变得更大；而我们需要肌肉，是想让这个看上去太大的世界变得小一点，以便我们能触摸，能够感受，能够摩擦。

佩索阿说，一个人需要的现实世界，作为最为深邃思想的起点，是何等小：吃中饭晚了一点点，用完了火柴然后把空火柴盒抛向街头，因为中饭吃得太晚以致稍感不适，除了可怜落日的许诺以外空中什么也没有的星期天，还有我既不属于这个世界也不属于其他如此形而上问题的生命。

在肌肉中，现实世界小到只有一根根紧凑的纤维！

心脏

1

心脏是最有庄严感的器官。因为它管理的是人生中最主要的两件大事：爱情和死亡。

不过现代科学已经证明它这两项伟大的职能都是建立在一个严重的误解上之的。心脏既不是人们在死亡之前最后关闭的一个器官，也不分泌爱液。它实际功能非常平庸：为其他器官运输血液。有点像轨道交通的调度室。

我们却在它身上浪漫了太多的谀颂之词，我们以为它是个控制中心，还以为它大部分时间效劳于罗曼蒂克，我们还以为它是灵魂的房子，现在，一切真相大白。它不过是一坨丑陋的肉。

我们曾经以为，人光有肉体是不够的，一定还有一个更加高级的东西，在我们的身体死了之后，可以被上帝带走,因而,它必须是轻便的,就像气体。我们还以为,既然世界是永恒存在的,本着我们有着喜新厌旧的本能,那么,灵魂可以与人类脱节,在它复活时,它可以附身在一朵花上,一棵树上,一只夜莺上的羽毛上,一块岩崖上,形式多元化,甚至,它可以不再有实体。但是,当它与我们人体结合时,一定是有处所的,就在身体位置最好的心脏那儿。而且心脏的模样也大致上配得上它,心脏外形优美,非常适合于抒情和绘画。

我们还给这个所谓的灵魂称出了重量,21克,非常轻便,随随便便就可以升空,这有利于它解脱我们沉重的躯体。"方法宗"学派的阿斯克勒庇俄斯认为人的灵魂同身体一样是由原子构成的,灵魂是由光滑、圆润和细小的原子构成的,而身体其他部位的原子则有四方、椭圆、三角等不同的造型。他们将这种光滑的原子视作心脏的产物,将它视作心脏分泌出来的一种物质,这种物质还有善恶良莠的品德,能左右人们的行为,最后,这些光滑的原子当然还有个总的去处——每当一具身体死去时,灵魂都要到上帝那儿报到,也就是那些其他造型的原子留下来,而圆润细小的原子会升空,升到上帝等待审判,是上天堂呢,还是上地狱?这是西方宗教体系里的灵魂。天堂是灵魂最好的去处,地狱是最不堪的归宿,之后,人类的故事就讲完了。但在佛教中，人的故事是一个一个的接龙故事，永远不会完，因为有轮回，佛教也不将地狱视作最终审判和最终归宿，地狱不过是一系列的客厅，恶灵魂待一段时间就要离开，改造好了，它们仍旧可以在下世做人。

到底有没有灵魂，这其实是一桩悬案。不过将心脏想象成一个总的器官，一个有灵性的内脏，会让我们得到一丝安慰，也让心脏在具备其生理功能之外再多了两个额外的功能：宗教和娱乐。如果没有一个会思考，会自己死去的心脏，我们觉得人体不过就是一块石头。这样的人体不够机智，不够复杂，不够悲剧，不够氤氲。永生也不是一种最好的状态，因为永生意味着没有故事。

我们还经常会将心脏想象成我们体内一个最深的内部，而其他一切都是它的外化和部件。我们有时候还将心脏想象成一个在无限距离之外的点，神秘、幽暗、不可测量一个能量之源。

心脏在我们的身体里每分钟跳动60至100次，与其他内脏相比，它的运动最容易让我们感知到，其他内脏器官虽然也在动，唯有它最拟人化，它跳动的样子就像一个脆弱的婴儿，所以我们经常觉得我们的身体里还包裹着另一个生命，深处的深处。我们还经常觉得，心脏并非作为器官在那儿，而是作为思想和意识的容器，作为爱，作为恨，作为心痛,作为孤独存在在那儿。它分泌出来的思想使我们做出各种各样重要的决定,也使我们可视的世界显得迤逦,它还使我们觉得,我们看见的一切,不过是它思考出来的影子。

2

正是因为心脏的跳动能使我们感知到,我们便错误地以为,心脏最重要的功能是爱。因为当我们看见心上人时,我们的心脏会剧烈跳动,有时候那种感觉还同死亡很接近。在解剖学被应用之前,人们就曾武断地将心脏视作爱情的引擎,认为人们在恋爱和宗教行为中做出的一切疯癫行为都与它有关系——心脏就像一个腺体,爱就像液体,可经由心脏源源不断淌出来。所以丘比特的爱情之箭射向的是人的心脏,而不是肺、肝、脾,也不是嘴唇和大脑。

《身体的历史》曾有一些有趣的记载:1624年,多明我会修女保拉·迪·桑·托马斯去世了,人们对她的遗体进行检查时,发现她的心脏里面空空如也,只有一个凸起的纤维网状物,两根比较粗大的纤维,其中一根明显地显示出一个十字架,在其肋前一个跪倒的人。而另一位于

1308年逝世的修女，人们打开她的胸腔后，发现她的心脏长得像一个神龛，装满了耶稣受难时用到的所有刑具……这些呈现出异状的心脏都是因为"爱上帝"，为了向上帝靠拢，她们让自己的心脏改变了结构，笨拙地模仿起了祈祷的场景。

爱，爱情和对上帝之爱都一样，我们已经在误解中将它们简化成这样一种事物：它是我们胸腔里一小块肉几十年来持续不断做法的产物。我们的心脏终年待在一个湿漉漉的伸手不见五指的身体里，除了一刻不停地运输着那些血液之外，还指挥着腹腔外的整个世界。心脏，这个被身体关押的囚徒，它在黑暗的胸腔里犹如站在明亮的指挥台上，它没有视野却犹如天眼，它没有嗅觉却能捕捉异性相吸的气息。大脑执其功能，却被心脏窃取功劳。

所以，我们如果"用心"去爱时，常常会爱错人，因为心脏执其情感之功能，大脑执其理智之功能。当我们的心脏用感情去爱一个人时，往往失志乱序；而一旦运用理智，爱情又会变得乏味。不论用哪种方式，爱情都不会让人更加幸福。爱情只是游乐场里的一次过山车游戏，童稚，短暂，刺激，上上下下，来来去去，最终不过以平淡和死亡告终，就像心脏自身。普鲁斯特说；"我们之所以谈分别，因为永别之时远未来临，爱情就和万事万物一样,都迅速地朝着永别的方向演进。"永别、缺席、不在场,这是爱情最好的状态。要让事物保持它的光芒,不让它自我降低,就不要天天看到它,得到它——每天能够得到食物,吃就成了一个平凡的行为。

经帕斯捷尔纳克牵线,茨维塔耶娃认识里尔克之后,这位俄罗斯最有才华的女诗人疯狂地爱上了其貌不扬且重病缠身的诗人,她在诗人生命的最后阶段给他写了很多滚烫的情书。1926年5月9—10日,她是这样向对方倾诉的:

我等待你的书,像等待一场雷雨,无论我愿意与否,这场雷雨总要降临。完全像一次心脏手术(不是比喻,你的每一首诗都刺入心脏,并以自己的方式切割心脏——无论我愿意与否)。不愿意!

你知道吗?我为何对你称"你",为何爱你,为何——为何——为何——因为你是一种力。一种最罕见的物。

心脏成了她装载爱情的一个容器。爱情对她来说就是一次心脏病:先是早搏、心率加快,之后便是心肌梗塞,然后假死。里尔克同日(10日)给她的信也很暧昧,虽然不像她那样赤裸裸地提到心脏,但也极具暗示性:我如你一样书写，如你一样从句子里向下走了几级，下到括号的阴暗里，在那里拱顶在压迫，曾经开放过的玫瑰的芳香在延续。玛丽娜，我已如此地深入了你的信！但最终这位男诗人没有接受茨维塔耶娃滚水般的爱。疾病和随后来临的死亡是一个原因，最重要的是里尔克在感情上极端理智，他不愿意被控制，他与任何一位情人的关系都很疏离，他经常站在起跑线上，但每一次都是短跑。他经常重新出发，从来不到达终点。他最长的一段恋情是生命中的最后几年，他与她在穆简城堡厮守了三年。要不是因为生病，他也可能早就离开了她。

用心脏去爱的人群里，诗人走在最前面的一个。正如他们用心脏去写诗。

我们倾向于将心脏视作一个感性的器官，而将大脑视作一个理性的所在。由理性来统领世界，会清晰、简洁、正确、整齐——但并不是一个好的世界。理性这样做，用纪德评价法兰西文学的话来说——"这样做只注意了轮廓鲜明，而没有了模糊，缺乏阴影……"模糊和阴影同光线一样，是一个健康世界的必需。感性的心脏给我们制造了一个模糊的幻影和意味深长的不可解释之物，制造了阴影，制造了幻觉，制造了文学，制造了艺术；理性的大脑作为严厉的消毒器,是光,是手术刀,是收纳盒。有时候,理性在行动中看到了感性对自身思想的一种连累,一种限制,并保持着警觉,随时打算清理一切。

但最终,人们会去赞美由心脏控制的那些错乱荒谬的不合常理的爱情和幻景——爱情越是荒谬不合常理越被人们赞誉。而人们却从未去写过一部赞美逻辑、赞美数学、赞美理性的作品。

前者是一座五光十色的海市蜃楼,后者只是一棵光秃秃的树枝。

3

心脏是一枚死亡的开关。这个误解对于我们来说同样是有吸引力的。因为它将死亡这个过程变得可以解释,可以感觉,让我们放心。

很长时间里,人们不知道"脑死"这种说法,以为心脏停止跳动一切就结束了,这个过程动力化,简单,而且还具有一定的视觉性。但真正的死亡并不是那么清晰,它与睡着具有一定程度上的相似性,《吉尔加美什》是这样写的:睡着的人和死去的人,他们是多么相像,因为他们都热爱经过乔装打扮的死亡。的确有人是在睡梦中死去的。有很多心脏有问题的人睡着睡着就睡死了,身体发动机停止工作,血液输送不到脑部。即使不死,睡着的时候,人的理性、人性、创造力离身体而去,这种状态也接近于死亡。

把实际上由大脑控制的死亡来归结于心脏的一项功能是有好处的,这样可以使死显得不那么神秘。与心脏相比,大脑的存在静默、晦涩、隐身,更像魔术;而心脏以它持续的运动令人放心,它的物理过程触手可及。正因为此,我们容易混淆真正的死,我们会把心脏停止跳动的休克误认为死亡,而把大部分再也醒不过来已经无法与我们交流死在自己身体里的植物人视作活人——他们的心跳令我们感到安慰,我们觉得那一阵阵搏动是世界上最美丽的舞蹈,我们希望在耳边能够重新听到他们的绵绵情话并得到他们温暖的拥抱,甚至他们的软弱也是我们行动的一种信念,但这些心脏还在跳动的人已经与我们永别了——他们的意识再也得不到回应了,他们能够感知到一切,却犹如魂魄,他们生活在我们旁边的一个平行世界里,看着我们,却只能沉默。他们是一些活着的雕塑。

4

心脏让我们觉得死亡更普通和日常一些，看得见，摸得到。加拿大作家阿尔维托·曼古埃尔认为如今死亡对我们来说已经很陌生了，"我怀疑，尽管我们每周在电视屏幕上看到成百种死亡，但是我们其实已经变得完全不熟悉它们。我们在医院或者退休后的家里藏起我们即将死亡的身体。我们尽力相信自己可以直接从存在这一步跨越到不存在这一步，中间没有任何过渡，就好像屏幕突然间变黑了一样。人们不但藏起将死的身体，也喜欢藏起自己的死亡，因为死亡这件事非常丑陋"。

但如果我们将死亡从心脏功能的范畴移到分子学，死亡既不丑陋，也不崇高。因为死亡不是心脏停止跳动，不是脑路断电，不是消失，而是分解。一个人的身体一旦丧失运动，从生命状态过渡到被人们不恰当地称之为死亡状态时，它就开始了一段分解的旅程，也就是我们所说的"死"。其实人们在没有死之前就已经在死了，我们每天都在部分地死——细胞的更替一直在模拟和排演最后的死亡。我们体内这种生与死的平衡更换，使细胞显得就像我们这座身体大厦里不断进出的房客，入住、退房、入住、退房、入住、退房、入住、退房……

细胞从不间断的更新运动导致我们几乎无法确认自己，这种运动也让我们无法确认善恶。萨德侯爵就认为这个世上并无道德这个东西，只有自然规律，而自然规律是没有善恶的。死亡正是这类规律中的一种，因而人们无须为这样一个规律而悲伤。生和死，不过是分子们是在我们的身体上组合，还是在一朵花身上、一块羊腿上、一只苍蝇上组合。"分解是一种非常大的运动状态。因此动物的身体没有任何一刻是完全静止的，它永远不会死亡。"由此，萨德认为导致死亡的杀戮也并非不道德：

> 我们的法律非常严格处罚的杀戮，我们认为是对大自然最大侮辱的杀戮，不仅正如你所看到的那样，对自然毫无损害，而且也不可能对自然造成任何损害，而且从某种意义上说，从自然的角度来看，这还是有益的，因为我们看到大自然也在时常模仿这种杀戮，而且它之所以这样做，当然是希望把所有创造出来的物种统统都消灭掉，好按照它自己的愿望创造新的物种。世界上最大的恶魔，最残暴、最野蛮的杀戮者其实是自然规律的机制。

萨德荒谬的机械道德主义固然令人安慰，但不能改变死亡和杀戮带给我们的悲伤。另一种说法——亨利·米肖说——人从本质上说不过只是一个小污点而已，而死亡吞噬的，正是这个小污点。

把人视作污点，把死亡视作一种清洁工作，可以给人另外的安慰——可惜这种观点后来被纳粹分子野蛮地误用了，并酿成了人类有史以来最残暴的屠杀。

但有很多人真的将自己视作"污点"并自行抹去。

对自杀者来说，死虽然是一种状态，但更像是一个人自己的产品，自杀是一种反对自己的行为，而正是人会自杀体现了人性中神圣的一面。人们用手枪指向自己的大脑，用刀具剖开自己腹部，用绳子勒紧自己的脖子，用煤气毒害自己的血液，或者只是径直走向一面悬崖……结果自己的生命就像给自己写的文章画上句号，关上身后的门，把电闸拉掉。如果这一切都不是最佳选择，如果还想让这个过程显得有点争议和话题的话，就找一面向阳的山坡挖个坑，然后开辆破车去人群中寻找那个肯为你的墓地铲上一锹土的人——就像电影《樱桃的滋味》里的主人公做的那样。

公元前500年，A.冯·克罗顿医生发现了神经与大脑是人的中枢器官，这个发现令他对死亡有了一种独特的看法。他在一篇文章中写道，人之所以消亡，是因为他不能将开端与终结合二为一。云格尔依根据他的发现接着在《死论》中说：人一出生就将开端抛在了身后，而终结却还在前面，这使它在逝性的意义上成为有限性……人的生命被迫缚于逝性上。

  人们控制住了出生，却对自由的死亡无能为力。人们害怕死亡，而害怕死亡不是害怕死亡本身，而是死亡的不期而至。对于那些可以自己选择死亡的自杀者来说，死不可怕，死是解放，是肯定，是完成。所以在自杀者队伍中，诗人与哲学家尤其多，因为诗歌、哲学、死亡都指向终极——哲学是思想的终极，诗歌是幻想的终极，死亡是肉体的终极。诗人经常会将自杀当成诗歌之外的另一篇习作，最后一篇习作。而对哲学家来说，步入死亡是一种自我发现——它终于将我们的开端和终结合二为一了。

  不管怎么样，死，什么样的死，以及怎么死，死了之后怎么复活，心脏都不是一个真正的管理者，更不是一个重要的器官。

  《圣经·旧约》说：复活在我，生命也在我。信我的人，虽然死了，也必复活。凡活着信我的人，也必永远不死。

胃

1

胃,与其说是一个器官,不如说是一连串的关系。因为正是胃,使我们与不同物种之间建立起了一条长而永恒的食物链。胃,使我们在狮子和瞪羚,瞪羚和莎草科植物之间,在细菌和伤口之间,在病毒和肌肉之间建立起了敌我关系;也在蚂蚁与大象之间,在小丑鱼和珊瑚之间,在真菌和苔藓在之间建立起远亲的共生关系。胃还在屠杀和仁慈之间,在邪恶和善良之间,在贪婪和节制之间,在名词和动词之间,在一千年之前和一千之后之间建立起了联系。

2

在人的大脑还没开始思考之前,我们围着胃转。我们从婴儿的行为中观察到了胃的这种重要性。换句话说，在婴儿和其他低等动物的身上，胃几乎是他们唯一的存在。我们把这只湿漉漉的袋子垂挂在紧靠我们的喉部和心脏部位，以便方便照顾它，因为我们身体里的一切能源皆来自我们的胃，它是我们的初始，我们身体里的大自然：水、植物、动物和微量的矿物群聚其间，只有经过胃，这个被切碎的大自然才会烙上我们自己的印记——变成我们的血液、肌肉、骨骼、勇气、智慧、记忆。

在一个生命变成另一个生命的过程中，胃是一个关键的环节。而生命之所以短暂也是因为从一个胃到另一个胃的过渡是如此简便和迅速。轮回的本质其实是一个物种吃了另一个旧的物种：植物的根吃了一只蟋蟀的尸体，羊吃了这株植物，一个人吃了这只羊，一群细菌又吃了吃了这只羊的这个人的尸体，另一只新的蟋蟀吸收了这些细菌的营养，然后又变成另一株植物的营养，这株植物又被另一只羊吃了……在食物链上，没有一只胃是真正的赢家，一只狮子的胃同样要臣服于一只细菌的胃。在吃和被吃这件事上，所有的物种都是平等的。在你的身后，永远追随着一只胃的饥饿的身影。

也可以这样说，胃是我们真正要抵达的终点。在过去，我们人类对于归宿的踌躇不过是在一只狮子的胃和一群细菌的胃之间做选择。如今，或许医院是我们所有人的终点，因为当我们在病床上合上眼之后，随即而来的火化炉就会将我们的肉体吞噬得一干二净，给不得细菌的胃半点机会。我们美化死亡的方式中借助了科技的力量，从而给这个延续了几千万年的封闭的食物链打开了一个小小的缺口。

3

胃使我们对食物上瘾。但我们从不将这样的上瘾当成一种疾病。因为饥饿的本质是匮乏，而我们早已将对匮乏的恐惧当成人的本性之一。每只胃都有它自己的性格。对于人类的胃来说，有容乃大、海纳百川既是美德，也是恶行。一方面我们通过胃的杂食增长了智慧，另一方面，杂食性的人类的胃也因此灭绝了地球上一大半的物种，几乎所有的生物都能在我们的胃里面找到容身之处，从海藻到苔藓到苍蝇的蛆再到猴子的大脑。《巨人传》的主人公卡冈都亚可谓是个能吃的巨人，他一出生就吃下了1793头母牛的奶，一顿饭就要喝上几十坛葡萄酒，但这个巨无霸与真正能"吃"的现实版的"大胃王"相比则是小儿科。阿尔及利亚艾因迪弗拉市的一位男子萨利姆·哈伊尼的胃简直是铜墙铁壁和无底洞。由于家境贫穷，萨利姆小时候经常感到饥饿，一次他被饿醒后，偷偷溜进了他叔叔家的菜地，坐在田头一口气吃下了50公斤的生莴苣！他还曾一次吃下了两桶橄榄油、40块面包、75碗汤，一次性地吃掉一只35公斤重的烤全羊，以及曾在3小时内一共吃下了1500只煮熟的鸡蛋的纪录！最令人惊奇的是，除了食物，他还爱吃电灯泡、日光灯管、蜡烛、锯屑、报纸和铁钉。

但是世界上最强大的胃并不是一出生就吃下1793头母牛的奶的"巨人"和会吞噬日用品，吞噬铁、玻璃、沙子、蜡烛的萨利姆·哈伊尼胃，而是螳螂的胃。母螳螂在交配后会吞下情郎的整个身躯。咀嚼海誓山盟如同咀嚼一片轻薄的草茎，这对于胃来说一定是一场艰难的考验。但螳螂的爱情与人类一样，与其等着公螳螂在日后活着背叛它，不如在最幸福的时候用胃囚禁它，把两性间尚未萌芽的出轨、衰老、离弃消灭在自己的胃中。在日后，螳螂的胃自然会努力将这样的凶杀事件予以陌生化，在母螳螂孕育后代那段有限的余生中，它的举手投足会越来越像它那已逝的爱人的倒影，它从相反的角度以透明的嗓音复活那位牺牲者。它的身体因此有了重影，每次当它说出一个词时，它同时听见两个声音。

4

　　是胃让我们以猎人的眼光去看待世界。当我们以抒情诗人的眼神流连在植物的花枝上并随后用鼻子去陶醉它的芬芳时,胃看到的是花朵下面紧致的果实和果实里可以繁殖的种子;当我们由衷地欣赏有蹄动物健美的身姿、并打算去赞美飞鸟的自由时,胃先于我们闻到了它们毛发里烤肉和血液的腥味。胃的实用主义使我们优雅尽失。胃改变了我们眼睛里的温柔,改变了我们对天籁的定义,改变了动植物的死和我们自己的死,及至后来,我们不得不在胃的贪婪上建立起了神学,我们规定了可以吃植物的尸体,但不能杀害动物。后来的环保主义者于是认偏颇、伪善的神学为同盟,也对我们的胃的食物清单做了一些有限的削减。

6

　　胃是一座化学工厂,里面充满了各种用来腐蚀食物的黏液。胃也是让食物最后失去造型的地方,在这些化学试剂的合力作用下,我们很难再为动物和植物恢复它们的体形。食物们在这里失去了它们最后的轮廓,失去了组合,失去了命名,在胃中,它们不知道它属于它们以往的动物和植物还是这个人。是自己还是他者,这使胃成了一个令人困惑的场所。同时,胃也成了事物真正诞生的地方,分子们在这里重新组合,然后出发。胃成为众生不得不选择的一个驿站。

肠

1

肠是一个过程。

它的线性造型注定要成为一段里程。如果说胃是个站台，肠就是铁轨，路，和一切在路上的事物。是肠让食物有了一段费时的光阴，在肚子那样小的一个空间里，肠硬是牺牲自己制造出一段崎岖的长征来，它折叠起自己，把自己变弯，变成曲线，在人体里盘成一段长于人体身高5至6倍的长度，以便能够更久地留住食物好好消化它们。可以说，是肠给我们制造了曲折，制造了慢，制造了回味。

我们会大大方方地提起胃、肝、心脏，却很少会提起肠，因为肠里面的东西我们不知道该称呼，是食物还是粪便？如果是后者，我们在某些场合提及这个词便会有失礼节。肠不像其他的器官,例如肛门,会让人直接想到污秽和淫秽,肠有轻微的污秽,人们较少地提起它,而把它当成一个真正的器官,中性,缄默,有用,也很少用肠去修辞其他的事物。肠,通过这一点保持了它词语的纯洁性。

胃在消化这件事上过度高调,它让我们觉得似乎消化这个功能都由它来承担,实际上它只是一架研磨机器,一个中间环节,只能消化一些蛋白质,肠才是人体最终的消化和吸收器官。肠通过豢养数以亿计的细菌家丁(400多个种群)来对由胃消化不了的食物进行再次消化,如脂肪、淀粉之类的。肠子借助它的胰脂肪酶来消化脂肪,将其变成脂肪酸和甘油吸收入血;淀粉由其胰淀粉酶来转化成单糖,包括葡萄糖和果糖等,最后被吸收入血。也就是说,血液有一大半成分是从肠子里输送过去的。但肠的确是我们身体里最为污浊的车间,它乱糟糟的,还产生屁,所以我们的身体尽可能地让它位于下部,它深藏起肠,不让它发出声音,也不让我们闻到它的气味,在身体外面,我们摸不到它。

2

　　肠是生物体内最为基础的器官。腔肠动物就是这样一个极端的案例：为了让身体轻便和简约，它们舍弃了其他器官唯独保留了肠子，甚至不惜将自己变成肠子的模样，如蛔虫，它的身体只有一个开口和一个出口，看上去就像是从高等动物身上截取的一段肠子。从环节动物开始，肠管才开始有了肌层，肠管各部分的形态和功能开始不断地分化，直至到了脊椎动物，消化器官终于有了如下几种形式而不仅是肠：口腔、咽、食管、嗉囊、砂囊、胃、肠和直肠。也就是说，食管、咽喉、胃、肝、肾、肛门都是肠进化的产物。如今，人类的进化已经可以将肠视作次要的器官了，一个失去肠子的人，若其他器官功能健全的话，还能活上五六年。

　　古人认为人体内最重要的内脏是心和肠，心用来思考，肠用来消化，所以有"懒心无肠"这个成语。心和肠是人体最重要的内存，要是没有它们，人就是一具空皮囊。一个头脑简单、不会关心别人、做什么都不上心人的就是一个"懒心无肠"的人。而"肠子悔青了"是指一个人在极度后悔时，肠子会发黑变质。古人又认为肠还能思考。

3

　　中国古代一种叫作"挂肠"的酷刑。其刑罚极其残忍：施刑者在一根横木上绑上一根绳子，并将横木高挂在一个木架子上。这个木架子木杆的一端置有一个铁钩，另一端挂着一个大石块，就如一杆巨大的秤。行刑时，施刑者将铁钩放下来塞入犯人的肛门，将犯人大肠头拉出来挂在铁钩上，然后往下拉另一端的石块，这样，当铁钩的一端升起犯人的肠子就被抽出来，并高悬挂成一条直线。如此，犯人不一会儿就气绝身亡。

脾

脾是永远的配角。我们把脾视作一个次要的器官,并在很多时候忽略它,同时我们还以为脾是"脾气"的"脾",它有可能都没有实体,至多是一个情绪发射器,就像房间里用来控制湿度喷雾的那架小机械。它谦卑,幽闭,淡泊,低调,高度自治,仿佛只是来人体里占一个空间,并不发挥作用。它也不像胃那样一天三次地犯"作",更不像肺那样无时无刻不让你操劳——为了肺,你得让嘴巴和鼻子同时工作,至少得让其中一个待在岗位上。

我们对脾的无知得自于它与死亡关系的疏离,它很少会患上让你致命的疾病。脾的主要功能是参与人体的免疫反应,吞噬和清除人体里衰老的红细胞、细菌和异物,同时产生淋巴细胞及单核细胞,并将其贮存在血液中。脾脏在人类胚胎期就是一个重要的造血器官,出生后则可以为我们制造淋巴细胞和单核细胞。不过,这一系列作用和功能似乎仍无法让我们明白，因为我们的肉眼无法看到淋巴、单核细胞和细菌。对于我们自己的身体，我们就像站在山巅的观光客，只能看到人体的海面，看不到人体中具体的波涛，看不到软弱的海藻，看不到慵懒的海星，看不到巨大的鲸，看不到海下面的杀戮和海床的挣扎。正因为这样的原因，脾在人体里就像一个朴实的网管，一个闷头闷脑的IT男。与脾相比，胃、肺和心脏几乎是搬砖的体力劳力者，它们的工作具体而辛苦，而脾，则只是几十年一动不动地呆坐着，它盯着远处，沉默地运算着那些最为微观的程序。

脾，更像一个隐居者。

肺

肺的存在，使我们的身体变得对空气上瘾。要是五分钟内不吸入新鲜空气，我们的身体就会全线罢工。肺首先对空气予以确认，肺使我们知道，在看得见的世界之外，另有一个比可见世界更大的宇宙，那些似乎融化在光线中，没有方向，没有质量，也没有气味的东西，是一种更为重要的存在。这种存在以一种似乎是静止的形式将我们松松地包裹着，我们在它里面感觉不到，只有离开了它，我们才知道危险来临。这种存在，也即空气，就是这样随随便便地制造出了光线，制造出了雨，制造了我们，也制造出了死亡。而肺是唯一能够指认出它的人体器官。肺通过嘴巴、鼻子、气管把它纳入自己的叶片中，把空气中最重要的物质——氧留下，将二氧化碳送出去。这个过程，每分钟发生六七十次。

肺可以说是我们体内最为忙碌的器官，它和心脏一样，无时无刻不在工作，它使我们身体里那些大大小小的空隙布满空气，同时又不至于多到暴胀，因此它每次都做一组相反的动作，吸进和呼出，从不出差错，也从不过度。它的呼和吸衔接如此紧凑，就像歌声和它的回音那样，在肺这两块小小的肉上发生。在这两个运动之后，我们的血液里充满了氧分子，这些氧分子与血管里的葡萄糖结合（氧化）后，为身体提供了大量我们必需的生物能和热能。要是没有肺，我们不知道空气竟是一种成分复杂的重要的合成物。我们看上去的世界是那样透明，透明到我们以为只有固体才是重要的存在，液体也可以通过它能被弄皱，被蒸发，被消失而让我们感知到，但是气体没有影子，没有触感，却处处存在，它的存在比任何固体和液体都强大——空间，整个使银河系膨胀和变大的东西，其实就是气体。这一切都是肺让我们知道的。所以肺不只是我们用以认识事物的工具，它自身就是需要我们认知的知识。肺柔软，硕大，扁平，两张朝左右张开的肺叶上布满了像海绵一样的小气孔，肺位于人体内脏的最上端，就像一把遮阳伞样，将下面的器官牢牢遮住（因此古人称它为"华盖"）。肺可以说是我们长在身体里的叶子，就像叶子作为植物的呼吸器官一样，肺在身体里给我们提供与外界最为重要的接触和交换。

也可以这样说，肺是我们身体中最为信赖外界的器官，它敏感，紧张，安静，知性。它以触角朝内的方式去感知外界，它与外界的联系建立在每分钟六七十次的痉挛之中，每一次痉挛，都是一次重要的化学过程——它凝视并分离了那些氧气、氮气、氩气、氦气、氖气、氙气、氢气、二氧化碳，而这些关于分子的知识我们需要进化上千万年才能掌握。肺的敏感就在于此，它对事物的把握是鞭辟入里的，它不把空气视作一个整体，而是一些成分，成员，组成，结构。通过这种方式来得到事物，使我们受益更多。

所以在身体中，肺是最为文艺的器官，它如此需要外面的世界，却又羞怯地藏匿自己，它深知自己吸到的每一口空气都是旧的——这些被我们称作新鲜空气的空气不知有多少次在别人的嘴巴和肺中循环过，也在自己的肺里轮回过，它带着他人的气息，带着口臭，带着被言语污染过的体重，一次次地进入我们的身体，进入肺的表面，而我们浑然不觉。我们总是觉得这一口与下一口不同，我们觉得时间会洗去空气旧的表面，当它进入我们的身体时，会唤起我们新的活力。那些不过是改头换面的氧分子进入我们的血液后，让我们的血重新在血管里奔跑起来。事实上，与肺有关的疾病，例如肺结核，也是最文艺的，因为它最青睐作家和艺术家。那些患上肺病的人通常都脸膛彤红,热情洋溢,非常适合将创作需要的灵感唤起,在他们亢奋的视觉中,世界的每一部分都是缪斯洁白的肢体,他们拥抱它就像情人们沉沦在对方的怀抱之中。肺病是一种热情病和灵魂病,拜伦、济慈、福楼拜、契诃夫、普鲁斯特、卡夫卡、劳伦斯、鲁迅、萧红、郁达夫、巴金、丁玲、林徽因,这些大作家都曾得过肺病或死于肺病。他们的作品是身体废墟上开出的妖娆之花,肺病作为其中的肥料,源源不断地为其提供痛苦和激情,而痛苦与激情正是附着在作品这颗种子上的两片对立的果肉。一方面病人的肉体正在变成灰烬,另一方面,在他们的中心,滚烫的火苗舔着语词的轮廓,舔着句子,并将它们送出体外。肺病成了丰产和亢奋的隐喻。

> 注意啊,这不完美在我们体内
> 如此热辣,所以欢乐,在这苦痛里
> 栖身于有缺陷的词,和坚决的声音
> 　　　　　　(叶芝《一部戏里的两首歌》)

乳房

1

乳房，主要指女性乳房，它在功能性上令人尴尬：既是婴儿的厨房，又是男人倾慕的性器官。这种双重功能性，使得圣洁与淫逸就像一朵并蒂莲开放在它粉色的塔状肉体上。

乳房形象乏味，就像我们胸部突起的两个肿块，肿块的顶端各有一个小小的深色的蒂结，好像愈合的伤口，亦如包子上的收口，告知人们下面有着无穷无尽的美味；这个人体配件要是到了男人身上，就变成了两块不给予、不诱惑的浮雕，它们扁平，小巧，乳蒂与乳晕之间的紧凑使其具有微弱的美学上的价值，但在功能上却完全是喑哑的，是一段没有人有兴趣去阅读的盲文。

乳房得到那么多赞美与它的造型没有任何关系，只因赞美它的人的身份的特殊性：对母爱耿耿于怀的孩子和耽于女色向来拥有最大话语权的男人。前者出于饥饿，后者出于性欲。乳房对两者都笑纳了。当人们不方便直接称赞下半身的性器官时，乳房往往成为一个缓冲器。几乎所有被赞美的乳房都知道，之所以被人们欣赏，是因为人们在表达欲望时有着一种声东击西的习性。

在性这件事上，男人基本上是一个顾客。女人提供场地，提供服务，最后还提供果实。男人则是个纯粹的消费者。男人的身体几乎没有什么婉约的可供欣赏的部件，除了乳房——那段阅读起来显得有点乏味的盲文和单调的浮雕。男人的乳房作为一个服务对象缺少变化，没有乳汁可以奉献，在身体的风景中，它仅仅是个贫乏的路标，指示着人们从提供思考的大脑到提供快感的性器之间只有这么一截短路径，这段短途不能让男人们充分犹疑，所以常犯错——栽在男女关系上的男性不计其数。女性的乳房高耸、骄傲、有着富有营养的内存，它向上生长的立体状本身就具有一种生命的体积感、延伸感和崇高感，它还模拟人类的成长过程：年幼时，它是两枚小小蕴积的核；发育后，它显得饱满、挺拔，并且提供奉献；年老时，它懂得真正的重心所在，不再飞扬跋扈，它低到尘土里，只为在脚下寻觅那生命真正的意义。

2

在人类各种器官和部件中,乳房并非一个深刻的成员,它只是一个暂时的器官:它只有在青壮年时才派上用场,大部分时间只是一件被闲置的装饰物。人们轻视某些身体行为是因为它们具有重复性,例如吃和性交,乳房恰恰是两者的供应商。大脑所提供的思考具有最高的地位最被人们珍视,因为思考每一次都不一样,每一次都会抚过不同的词汇,抚过不同的元音、辅音,抚过感叹句、叙述句、疑问句,抚过语法,抚过句号和问号,每次都可以为身体形成一个新的行为和产生新的运动。但是吃和性交只有统计学上的意义,它们年复一年地重复,直至死亡。乳房的次要性和非深刻性还在于:它有两只,一对,可以互相取代。人的身体器官有很多是单数的、唯一的,但也有很多是双数的:眼睛、耳朵、眉毛、鼻孔、肾、睾丸、手、脚。在其他许多器官苛求精简原则却在眼睛和乳房等上面造成重复和浪费有身体自己的寓意:人们不仅需要自己,需要单个独立的自我;也需要相反的自己,需要对照物,需要补充,需要反面。

3

作为性器官系统里的一员,乳房的形象最为贞洁:第一,它位于上半身,离大脑位置较近,较靠近精神;第二,它与哺育和孩子有关,也就是说与未来相关。第三,它没有淫冶的内部可以让人窥视。乳房也因为它的"贞洁"而在中国传统的性文化里几无立锥之地。中国古代文献中很少有描写它的。在最为人赞颂的古典名著《红楼梦》中,我们几乎找不到一个描绘女性乳房的句子,甚至在《金瓶梅》《肉蒲团》《玉房秘诀》这样一些声名狼藉的情色小说中乳房的描绘也几乎是空白的。《绣榻野史》漫不经心地提到过,但只有"两个奶头,又光又滑"之类的乏味句子。到了清代,人们似乎意识到了乳房之美,开始在诗歌中半遮半掩地赞美它。与它在文学史上的地位一样,在现实的性活动中中国男性也更倾慕于女性其他部位甚过乳房。如腰和脚,尤其是脚。在男人们看来,女性的三寸金莲不仅是她们性器官的外化形象,裹过小脚的女性还因为行走困难常刺激阴道附近的肌肉,阴道更为紧窄,性交时可让他们得到更多的快感。于是,把玩女性的小脚,而不是乳房,成了中国特色的性文化(花样竟多达四十八种)。而女性的乳房更事关食物,它们远离性器官,又常被厚实的衣物所蒙蔽,当然最主要的原因是崇尚多子多福,女人的乳房几乎大半生都被新生儿吊着,男人几乎没有机会拨开他们去欣赏它们。

在巴西,乳房也攸关社会地位而非性快感。在巴西上层阶级家庭里,女孩一过十五岁就会被家人送去做割乳手术,因为这个手术可将她们与大奶头的下层妇女区分开来。在欧美国家,乳房则是社会生活的一切隐喻。据玛丽莲·亚隆(Marilyn Yalon)1997年出版的《乳房的历史》,乳房不仅事关性生活,在不同的历史时空中也具有不同的地位和意义:文艺复兴时期的画家与诗人为乳房涂上情色意象,乳房在那个时候是艺术;18世纪欧洲思想家将乳房打造成公民权利的来源,乳房在那个时候是政治;到了近现代,乳房被经济社会绑架,这个时候它是商业。从古至今天,男人与社会都在乳房上做文章,不断地将女性的乳房据为己有。而所有关于乳房的隐喻都是经过男性眼光折射之后的想法。

可以说,不论是东西还是西方,女人都从未占有过自己的乳房。女性乳房自从它诞生的那一天起,就只为孩子和男人服务,它以厨房和卧室交集的方式存在在女人身体上,最后却只用疾病来折磨它身后的主人——平均每八个女性就有一个死于乳腺癌。乳腺癌,用患过乳腺癌的桑塔格的比喻来说,本质上就是一种增殖病——癌细胞的自我复制和出生,这对于增殖过人类、哺乳过自己后代的乳房来说是不啻为一个恶意的报复。如今,乳房又为社会增殖财富添砖加瓦,乳罩的发明、乳房的整形手术、乳房疾病的治疗,使得它哺育了一个又一个繁荣新兴的产业。

但乳房从未哺育过女性自己。

在女性乳房高耸的山峦上,跳跃着交媾、生殖、财富和文明的火苗,在山峦之下,却是一片无尽的投向自己的阴影。

大脑

1

在人体中，大脑的造型配得上它的功能：它曲里拐弯如同迷宫，没有起点，也没有终点。它游移在管状线条（内含160万公里长的血管）与块状之间，液体与固体（大脑80%是水）之间。从物理上看，它几乎是一坨很难定义的物质。

让我们来看看法国哲学家雅克·阿达利对于迷宫的定义：（迷宫是）局限于高墙之内、至少包括一个入口和中心、没有可识别标记的错综复杂的路……迷宫是一个黑暗的所在，迷宫内的路径无任何规则。它可以是偶然的和不可能的天下，是纯粹理性的必败之地。

这些与其说是在描述迷宫，不如说是在描述大脑。不思考的时候，我们的大脑就是这样一只装满了偶然性、不可能和非理性的容器，一座高墙，一段路径。有时候，我们甚至可以把自己的一生比作关押在克里特岛迷宫中的牛首人身怪兽弥诺陶洛斯，我们穷尽一生，难道不都是在寻求各种各样的突围吗——我们义无反顾地向出口前进，但担心我们的自由是不是一个圈套；我们无数次地为突围而努力，但每一次前行都不知道自己是真正走向出口还是返回入口。

譬如迷宫正是大脑最有魅力的一点。把大脑比作迷宫还有一个好处：迷宫是需要一个人去对付的，就像弥诺陶洛斯，需要我们独自迎战：我们接受我们的大脑犹如对付一座迷宫，我们接受它使我们有别于他人，不必按别人的眼光来评判自己的命令；我们接受它要求我们自我宽容、我行我素、自我拯救的指令；我们接受它要求我们必须独处，并习惯于倾听自己的声音的命运；我们接受它要求我们爱自己，且不必担心被世人遗忘……

2

大脑是我们身上让我们一锤定音的器官。正是大脑使我们成为自己而非他人。我们身体的其他部位可以通过高科技来得以改变、模拟和复制：五官之间的差异我们可以通过美容术来抹平——我们如今已经有能力制造一只一模一样的鼻子，一只一模一样的眼睛了，我们可以通过削骨来缩小脸型，通过填充硅胶来隆起其他部位，也就是说在外表上，我们通过易容术很容易成为他者；内脏，它们是否具有个人性一点也不重要，我们早就实现了临床上的内脏移植手术，他人的内脏和我们自己的内脏几乎形状一样并且一样好用，在生命这件事上它们忠心耿耿，别无二心。一只胃是厚是薄一点也不会影响一个人的本性，一只肝是瘦还是肥也不会影响一个人的心情，一个人的肾长得大还是小也不影响一个人的性情，至于大肠的长短也看不出一个人的脾气，但大脑不一样。大脑上任何一道细微的褶皱和隆起都可能使我们成为不同或完全相反的人。就区域来说，人脑的不同部位有着不同的功能，如左脑偏于理性思考，右脑更为直观和抽象；左脑掌控乐观情绪，右脑则是忧郁、失望和烦恼的容器。一些施行过大脑手术的人会发现自己的性情会有一些微妙的改变，如开朗的变内向了，内秀的人变外向了，甚至有人还会因此而掌握某种不可思议的才能。有名癫痫的病人术后发现自己只能拥有七分钟的记忆。但这七分钟的记忆令他焕然一新，因为这意味着他每隔七分钟出生一次，每隔七分钟他都要重新来认识一遍这个世界。这令他无时无刻不处在一种求知、否定和疑问的状态中,同时,他的身份和自我也每七分钟更新一次。不过这个改变给他的实际生活带来很多麻烦,他不记得自己的父母和朋友,不记得回家的路,不能掌握任何一门技能,不能认识任何一样事物,他甚至不知道自己是谁。他差不多是自己的陌生人。唯一的好处是他每天都很快乐。因为就像记不住那些亲人一样,他同样失去了记忆不幸事件的能力。

3

成为自己的陌生人是我们的大脑要避免的。因为我们大脑的功能是尽可能地去认识各种各样的事物,认识各种名词,认识规则,认识爱恨,认识生死,认识自己。认识自己,这听上去似乎是一个悖论——一方面,我们是自己,另一方面,我们又是他人。长时间地生活在群体中,我们不知道自我感受、自我认知和自我确认。卡内蒂在他的自传三部曲《眼睛游戏》中写过他的一个朋友松内博士,他非常迷恋这位朋友,因为这个朋友从不正面与人说话,一切都用第三人称来表达,通过这种独一无二的方式来与人来保持距离。这位朋友站在客体上认识自己,理由是——"只要想象一下这个城市和这个城市咖啡店的情形,那里充斥的是第一人称的言说:发誓、表白、自我辩解。每个人都淹没在自我怜悯中,诉说自己的重要。"在这样一个世界到处充斥着"我"的世界里,这位朋友永远将自己当成"他人",通过这种方式更为逼真地去认识世界,认识旁人,认识自己。

但站在"我"的主体的位置上去认识世界并没有错,因为正是大脑使我们成为我们自身:它独一无二的构造,它的独断专行的判断能力,它的几乎封闭式的记忆功能。何况成为自己是多么重要!因为我们天生地有着模拟看上去伟大事物和伟大人物的本能,这种模拟本能让我们拥有一种抬高自己并与伟大保持着一种亲密关系的幻觉。同时,我们还有着模拟他人试图成为群体中一员的本能,因为生活在群体中比独自生活更安全,不用去独自面对危险,不用去独自担负责任。

反偶像派哲学家西蒙娜·薇依批评纳粹的极权主义源头在于宗教极权主义,宗教极权主义要求人人模拟善良,模拟上帝;纳粹极权主义要求人人模拟国家精神。薇依说:"像'集体灵魂''集体思想'这类当今(国家社会主义分子等)用得极其普遍的表述,根本毫无意义⋯⋯多人的大脑不可能组合成一个集体的大脑。"我们拼命去模拟他人,接近他人,希望成为人类一只总的大脑的一部分，或者成为别人的大脑，这种愚蠢正是世界变坏的原因之一。

虽然人们很少去模拟自己，但我们也必须承认，只要我们不闭上嘴，那么我们每次说的都是我们自己——尽管我们常常将他人指认为自己。我们寻求集体性，多半情况下是因为对自己的存在并不确信，成为人类总的大脑上的一部分，成为国家机器、国家制度上的一个零件，虽然也会犯下汉娜·阿伦特所指责的"平庸之罪"，但至少不用去独自面对善恶的痛苦抉择。何况说到现实生活，梦与现实的真实生活有时候还如此相似，存在或许就是一个乌托邦，一系列的感觉，一种感觉的总汇。这种感觉总汇重重地蒙在我们的身体表面，时而使我们亢奋，时而折磨着我们。拼命说话、发誓、表白、自我辩解，看上去虽然愚蠢，但可以证明在这个也许是乌托邦的世界里，我的大脑是我自己的大脑，不是人类的大脑，不是他人的大脑。

福柯1966年两次接受电台的采访，在采访中他说：

> 事实上，我的身体总在别处。它和世界的一切别处相连。其实，与其说身体在世界中，不如说它在别处，因为事物正是围绕着它才被组织起来。正是在一种同身体的关系里——就好像在一种同君主的关系

里——才有了上下左右，前后远近。身体是世界的零点。在那里，在道路和空间开始相遇的地方，身体成了无处。它在世界的中心，而我就从这个小小的乌托邦的核心处梦想、言说，前行，想象，察觉各居其位的事物。

福柯这里说的身体，也可以指大脑。

4

记忆是大脑最为重要的功能之一。"记住"是我们在这个世界安身立命的法宝，它使事物有了连贯性。记忆还让我们觉得世界似乎是完整无缺的，它在空间上是一片延绵不尽的大陆，没有一个缝隙，没有一道阴影，它处在全明之中，又大又无限。这种大和无限性有时候让我们恐慌。因为我们个人的记忆能力是有限的，因为有限，我们乐于去发现那些能记得许多东西的"记忆天才"。

2006年10月3日9时，日本千叶县木更津市的一个大厅内，六十岁的心理健康顾问原口秋良被测能在六个小时不到的时间里背诵出圆周率小数点后10万位数字，以至于获得吉尼斯世界纪录。二十九岁的英国会计、前世界冠军本·普莱德莫在32.13秒内记住了一副洗过的牌的所有排位。最著名的天才记忆大师则当数俄罗斯记者S.V.舍列舍夫斯基，他可以回忆起几十年前记住的长串数字、诗句、无意义的音节串，以及任何要他记住的东西。舍列舍夫斯基的记忆能力没有明确的极限。对他来说，最困难的事是不是记忆，而是如何学会忘记。

  这些记忆天才让我们不由得去探寻记忆的秘密。记忆的真相是大脑神经细胞之间会形成一种连接形态。当大脑皮质中的神经元接收到各种感官或知觉信息时，它们会把信息传递给海马区。假如海马区有所反应，神经元就会开始形成持久的网络，如果没有通过这种认可的模式，那么脑部接收到的经验就自动消失无踪。有种看法认为，人类大脑的记忆能力，相当于1500亿台电脑（80G）的存储量，足够放下五部《不列颠百科全书》。不过大脑的这个能力并不能帮助我们什么。我们并不是那么羡慕那些有着超强记忆力的人，因为大脑有选择地让我们记住一些东西，遗忘一些事物，在某种程度上是在保护我们。记住这么多事情对大脑来说无疑是一个负担，因为这使大脑变得像一个拥挤的房间，充满了具体可见的事物。当我们要思考时，我们变得磕磕碰碰，总会撞上那些已知的事物，一些已知的事物将我们带向另一些已知的事物，另一些已知的事情将我们带上更多的事物,最后,我们迷失在那些我们知道的事物和事情上。这在某种程度上降低了大脑的功能。

在记忆这件事上,大脑需要一些阴影,就像一个房间需要一些暗部,一些空白之处,一些盲点,一个漏洞一样。因为房间的存在是让我们舒适,让我们有能力去创造,而不是像镜子一样,将出现在它面前的一切收纳其中。大脑的功能不全是反射。一个全是事物影子的世界也缺少神秘性,不足以吸引我们。就像先知实际上是一个乏味的人一样,无法在真正意义上吸引我们。我们在这个世界上真正需要的是"不知道",而不是"知道"。"知道"很容易变成一种死知识和信息;但"不知道"却可以变成一种动力,并且能催生创造力和新事物。对于大脑来说,某种程度上的紊乱和盲区也是很有必要的,因为人们不仅需要确切的时间,也需要时间之外和时间之内的时间;不仅需要广场、街道、房间、山峦,也需要山峦的褶皱,湖水的背面,纸的里面。事实也证明很多创造型的天才记忆力都不佳——他们把大脑珍贵的有限的区域留给了直觉和知觉,而不是记忆。

诗人布罗茨基说,记忆比任何事情都更像一个按混乱的字母顺序查阅的图书馆,并且没有任何的全集。这才是大脑成为迷宫的原因所在。大脑在一定程度上的遗忘，混乱，非理性，不知所终，在突围中亦没有真正正确的路径。

5

有时候我们觉得我们活在这个世界上更像是一个自己的观众。大脑是置于我们额头的那一台放映机。这台放映机播放的是我们生活其间的世界影子，有时则不过是我们幻觉出来的一些片段。我们感受到的其他感知也不过是大脑的把戏——痒、痛感这类感觉也不过是大脑痛觉神经的一阵痉挛，只有我们自己能感知到，对别人来说就像是一个经由我们讲出的骗局。一旦大脑的这类触觉神经被破坏，我们还与鬼魅无异：我们在路面上行走，却感觉不到大地的平实；我们拥抱，却感觉不到对方怀抱的边界；我们面临死亡，却还以为是降生。灵魂的感觉实际上是大脑的产物，而不是心脏，虽然灵魂一直被认为是心脏的房客。大脑的触觉神经一旦失灵，我们所能感受到的就是灵魂的状态：漂移，虚空，不能反馈，也不会反击。

6

　　幻觉给人以启蒙。大脑能够给我们制造出一个幻觉,而其他的器官却不能。真实世界是我们的第一世界,幻觉世界是我们的第二世界,梦也属于第二世界。我们行走在第二世界,却不被其污染,这便是第二世界的好处,第二世界还扩充了我们的地盘,并通过它的存在来让第一世界保持纯洁性。作为第二世界,幻觉、梦就像阅读行为一样,可以扩大我们的生命。除了思考与记忆,我们之所以还用大脑来幻想和做梦是因为我们不能认识足够多的人,不能去更远的地方,不能随心所欲地做各种错误的事,于是幻想和梦成了一种补充,以彩虹的姿势增添在灰暗的现实的天空之下。同时,作为美好事物的友谊、爱情、信仰是如此脆弱,如此容易缩减或消失,容易受到时间、空间、不完美的同情和家庭生活及情感生活种种不如意事情的打击,此时我们就更需要大脑的幻想和做梦功能在它的地盘上为这些事物建造一座座海市蜃楼。

　　纳博科夫也许是个反例。他不喜欢梦。他一生为失眠所折磨,却憎恶睡眠,因为睡眠会使他的理性、意识、人性、创造力与他分离。他认为睡眠是世界上最糟糕的联谊会,会费最高,而礼仪最粗俗。睡着的时候,身体成了一座一无所有的空房子。实际上在我们睡着的时候，大脑并没有休息，它时刻在以梦的形式思考着，以梦惯有的扭曲、扩大、离奇的方式来向我们反射着真实世界。做梦对我们来说犹如坐在一块阿拉伯飞毯上，你能够看到以前、以后、到处存在的东西；你还可以看见眼皮的反面，光的里面，天空的上面，而无须任何向左或向右转的瞳孔。

这和读小说是一样的。

由大脑制造出来的梦并不是一个坏事物，它是我们的一只后视眼，让我们得以在朦胧中回望。卡尔维诺说，人们永远受后脑欠一双眼睛之苦，他对知识的态度只能是有疑问的，因为他永远无法确定他背后是什么；换句话说，他无法验证当瞳孔向左或向右延伸时，他所能见到的两个极点之间那个世界是否持续着。基于这个原因人们疯狂地热爱着睡眠，可能的情况下永不失眠。

心理学家认为，梦就是平日的愿望或恐惧在睡眠时不受抑制地显现。而据科学家的实验，人们做梦其实是一个编码过程——如同将电脑的终端取下之后，重新对程序进行编制，然后加以检点。睡眠相当于切断了外界信号的输入，令运动系统进入一种静息状态，在此基础上，梦再对大脑的程序进行检验，然后再重新编制，并加以润色，以此来训练大脑能把近期的信号应用于将来事态的能力。梦是我们的一个负片,也是一种现实,因为它与现实一样,一出现就装备齐全。在梦中我们能找到一切,甚至更多。从科学意义上来讲,梦也是一种思考。就像打牌是一种思考行为,洗牌也是一种思考行为,我们把那些有规则的、连续的东西弄乱,借此享受混乱,享受历史,享受总是让我们一次次失望的期待。

何塞·多诺索写过一篇讲述一个热爱睡眠的人的短篇小说《闭门》。主人公塞巴斯蒂安很小的时候就发现睡觉是一件很神秘的玩具,通过睡梦他可以发现真实生活中没有的东西。长大后他依旧喜欢睡觉,因为既然要加入到人类队伍中,与人类结账,要养活母亲,要上班干活,参与人们的活动,就更有权利认真睡觉。为了能多睡会儿他甚至辞掉工作将全部的空间和时间都投入到睡眠中去。对他来说,一切的可能的幸福就是睡觉,入睡后他就是幸福的人。他能梦见真的东西,魔幻的东西,梦见可以照亮一切的光明世界,但是一醒来便好像有扇门把梦境关上了。那扇门不让他把梦境里的幸福带到外面的生活中来,不让这种幸福接触别人的现实。辞去工作后塞巴斯蒂安四处流浪,有时候打点小工,有时候就在大街上做乞丐,但只要能填饱肚子,只要有点时间他就睡觉,他相信只要多睡就能打开那扇幸福之门。终于有一天,他在饥寒交迫中在他前主任家门口微笑着睡过去了,并且再也不会醒来。

　　塞巴斯蒂安是另一个热爱睡眠的类型,因为睡梦可以帮助他补齐上帝没有给的东西,或者用卡尔维诺式的观察方式来看——当他的两只瞳孔只能在左边转圈时,他能见到右半边世界。

脚

1

对于脚来说,人体身上的一切都是行李。

但并不是所有的动物都用脚来搬运人体行李,比如蛇,它用腹肌的滑动来拖动它那漫长的身体;鱼用鳍;鸟和昆虫则用翅膀。不同的动物会选择不同的移动动力装置。在身体结构方面堪称精俭典范的是腔肠动物(如珊瑚、海葵、水螅、海绵等)和细菌,它们甚至不在身体上安装这个配置,它们指望搭便车,或者索性就断了旅行的尘念,一生就守在一个地址上。它们对自主移动兴趣不大,它们也没有时间看风景,一生太短,尤其对细菌这样的低等生物来说——有的细菌只能在这个世界上活上几秒钟,对于它们来说,出生和死亡之间几乎没有过渡。

想向上帝退货的肯定不只是人类。如果可以退货,我相信人类的第一个请求就是把双足还给自然,因为它无法让我们远行,它跑不过四足动物,也没法像鸟类一样漂洋过海,所以,人类给上帝的退货信第一段肯定是这样写的:

> 亲爱的上帝,如果可以,我希望能够用我的双脚去换一对翅膀。你知道,我们的一生很短,而我们又有许多愿望要达成,我们甚至想在有生之年能够前往你的住处看一看你发亮的家。可你给我们的这双脚却只能让我们一天走上几十里地,将我们牢牢束缚限制在我们的诞生地。当然我知道你是有用意的,你认为人类不应该掌握太多的见识,因为这会影响到你的威严,你希望能够常驻在我们心里,把一些东西变成深渊,然后看着我们临着深渊遥望你——每一口深渊的边沿都比头发丝还细。但我们只是希望有能力再走得再远一点,在有生之年,能够步行到别的地方,别的大陆,去看看别的幸福。与鸟类相比,我们有时候简直就是个乡巴佬,我们不知道远方为何物,我们不知道所站的地方是一个球体,不知道河流像梳子一样会在大陆上分汊,大陆像薄饼一样漂浮在海平面上,而云又湿又冷。

如果有一对翅膀，这一切都将改变……

在逐渐了解了动物世界之后，人类可能还将提出更多的要求：希望安装一只犬类的鼻子，替换成苍蝇的眼睛，有一对长耳朵；希望像螃蟹一样能够在前后左右都长一些手，把脖子拉到像长颈鹿那样长以便俯视，像蜂鸟一样几乎没有体重以便飞翔……最后，这些数不胜数的要求让人类变成了一种奇怪的物种。人类不再是人类了。

根据进化论，直立行走对人类来说是一个大进步，人类的双手原先只是四肢中的一部分，它们和另外两只脚趴在地上，从而让身体得以缓慢而平稳地行走。这一趴就是好几百万年，后来才慢慢站起来行走。而为什么要直立行走，根据伊莲·摩根的《女人的起源》——是因为勇敢的猎人当时要站得高一些，以便巡视远处的猎物。一切都是为了打猎，如我们住进山洞，是因为猎人需要一个落脚的地方以便外出后返回；我们用语言交流，是因为当初我们打猎时要计划下一次远行，要吹嘘上一次的战果……总之，进化的方向是沿着猎人的思维进行的。

现在，我们早就已经不是猎人了，进化也让我们生活得比大多数动物要舒适，我们也不再整天想着给上帝写退货信这件事——我们想要的那些肉体零件都有了替代物，包括我们那双每天只能走二三十公里的脚。自从发明了第一辆独轮车之后,我们就长吁了一口气,虽然从独轮车到自行车我们为此又进化了一两千年。越来越快速的交通工具缩短了我们生活的世界的距离,从独轮车到四轮马车,到自行车,到汽车、火车、轮船、高铁,在今天我们早就不需要翅膀了,我们还发明了飞机,飞机比鸟飞得更高,更快,也更持久。甚至没有脚的人在今天也能旅行。因为交通工具,我们改变了城市的概念,去一个城市和另一个城市不再是一场探险,而是一个点到另一个点的简单位移之间的距离,只是一片空茫和不连续,短短几个小时就能完成。我们甚至可以通过潜艇躺到海床上,我们也可以穿越高空抵达月球,以至于更远的星球。电影《星际穿越》告诉我们,利用时光飞行器,在未来,宇宙就是一座小房间。我们的双足不再是我们的限制,可以说,我们利用智慧战胜了进化论。

2

脚是人类的根。当植物把根须探入土地时,人类却用根来移动。进化论早就已经为我们规定好了生活方式。但在人体中,真正的根是我们的脑袋,那儿是一切的起点和起源，所有物质上和精神上的养分都来自脑袋，由它供养着我们。我们的身体终止于脚，我们所有的血管和神经都在那里收梢，脚也具有一切终点所具有的特征：在它之上没有重要的器官，不是人体的高潮，不能单独成为一个事物必须与起点相配。有时候，甚至也可以没有脚，有的人因为生来残疾或者意外事故失去了双腿但仍旧能在这个世上存活下来。这么说来，脚似乎不是那么重要。

但真要没有双足会怎样呢？例如珊瑚，在其白色幼虫阶段便自动固定在先辈珊瑚的石灰质遗骨堆上，于是它尽其一生都在同一个地方，它所能做的就只是等待，它的朋友圈也永远只是几只像它一样不喜欢远方的小丑鱼和几朵水母，这样的见识让它不知道海的上面还有大陆，大陆的上面还有天空，天空外面还有更高的天空，它迟钝的举止为它挡住了眼睛之外的整整一个宇宙。但对于经常移动的人来说，没有双脚至死在一个地方生活的人肯定是不幸的，诚如一只小小的珊瑚和一枚微弱的细菌。要是生命只有几秒钟、几个小时，或者几天，这样的生活是可以忍耐的，但不长不短的几十年光有等待却不够。不长不短的人生也很尴尬。人生之所以不美好，问题就出在我们的寿命不长也不短：几十年时间太短，所以我们急功近利，为了得到一切而变坏，互相利用，彼此欺骗；几十年时间又太长，我们无法持续地希望、创造、凝视，无法让一切维持在最好的状态上。我们用我们的脚走来走去，希望用陌生的认知改变寿命不长不短的局限。

3

植物没有脚，它们同样对迁徙和旅行充满热忱。它们将希望寄托给它们的后代，给新出生的种子准备好各种旅行包：在它的后代的表面包上丰美的果肉；给它们插上小小的羽毛，寄希望于风、蚂蚁、蜜蜂、鸟雀和有蹄动物将它们脆弱的后代带往异乡——虽然有时候异乡只是离母株几米远的地方。但这给了植物以安慰。最长寿的龙血树可以活上四五千年，它光开一次花就需要十几年，这样长的光阴如果没有种子的移动作为希望，它一定会活得非常悲伤。

植物们的旅行是为了得到更多的生存机会，而人类去往他乡的感情则是被幻想的重音所强调。

诗人里尔克一生奔波，他几乎住遍了欧洲各国，但他却在《亲爱的上帝·正义之歌》中为不能远行的跛子大唱赞歌。因为行走和行动并不全是有意义和必需的。

"亲爱的上帝，为什么不可能？那些能够用双腿的人不可能遇到事情，可能就会发生在您身上，因为能够使用双腿的人会忽略很多事情，并且会逃避很多事情。爱德华，上帝已经注定让您成为一切熙熙攘攘中的安静点。难道您没有深邃到，一切都绕着您在移动吗？其他的人总是在追逐日子，一旦他们赶上时，他们都喘不过气、说不出话来。但是您，我的朋友，您只是坐在您的窗旁，等待着；对于等待的人来说，总是有什么事情会发生的。您有一个十分特殊的命运。想想看，甚至莫斯科的伊白利安圣母也必须离开她小小的圣地，坐着四匹马的黑色马车去迎合那些在庆祝什么事情的人，不管那是施洗或是死亡。但是，您呢，一切都要来和您——"

"的确如此，"爱德华说，露出漠然的微笑，"我甚至无法去见死神。很多人在路上碰到死神。死神尽管不进入他们的房子里，就把他们召到外地，召去参战，召进一个高塔，召到一座危桥，让他们进入迷惑疯狂的状态。大部分人是从外面的什么地方迎接死神，然后不知不觉地扛在肩上回家。因为死神很懒惰；如果不是人们经常骚扰他，说不定他会睡着。"

这个跛子沉思了一会儿，然后表现出自傲的神色说道。

……

里尔克觉得,使用双腿的人才会错过很多事情,因为他们的行动为他们带来了很多中心,使他们的灵魂不能专注于一隅,过多的行动也会窄化、限缩、麻痹他们的心灵。而对于不能自由行动只能在窗口等待的人来说,他们只有一个中心,这个唯一的中心让他们的心灵能力变得强大。同时,对于只有等待一件事可以做的人来说,等待使他们变得更安全——他甚至没法出门去邂逅死神。总之,失去双腿或者一条腿是一种特殊的命运,这种命运并非无益。

我们的身体因其感官功能总是在寻求暂时的事物,而静止的不奔波的灵魂才会自觉地去寻求永恒。与身体的移动相比,心灵的漂移、变化和增殖更为重要,因为漂移、流动可以帮助我们从寻常事物中获得陌生感。跛子寓居一隅,身体上属于房子,心灵上却是在他乡——在自己的屋子里生活像是在异乡流放、流亡、漂移,因为行动不便,与周围世界和他人几乎格格不入,关押在这种格格不入和隔膜中,转而会去寻求一种精神上永恒的归属感。而一个可以随便走动的人,一个永远在做很多事的人,在世界边缘也像在充满噪音的房子里生活：各种具体可观的事件在他周围筑起了各种各样的墙，令他无法逾越，无法张望。

4

诡异的是，最常使用双足的，不是搬运工，不是体育运动员，不是步兵，是作家和艺术家。流放这种刑罚在过去多施加于政治人物身上，为了让他们禁言，或远离政治中心，将他们支遣至人迹罕至之处是最好的选择。但到了19世纪，作家和艺术家也开始加入到了这支队伍当中，十二月党人是其中最著名的一支（代表人物有雷列耶夫、拉耶夫斯基、丘赫尔别凯、亚·奥陀耶夫斯基、亚·别斯土舍夫等）。因为其民主思想与沙俄的专制主义有冲突，热爱文学的俄罗斯革命党人被迫带着他们忠诚的妻子在革命失败后流放到了西伯利亚，在那块冻土上，他们被迫用笔给夭折的理想招魂。此后，俄罗斯这块土地上流放和流亡成了作家和艺术家的常态命运。索尔仁尼琴、曼德尔斯塔姆、蒲宁、茨维塔耶娃、康定斯基、索洛夫、别尔嘉耶夫、舍斯托夫、布尔加科夫、梅烈日柯夫、纳博科夫、布罗茨基……这些人有的曝尸于荒凉的冻土上，有的最后被迫选择去国离乡，永远地离开了自己的祖国。

全球性爆发性的流亡事件出现在20世纪30年代。因为战争，数百万人开始了他们从一个国家到另一个国家、从一片大陆到另一片大陆的迁徙命运，其中不乏作家和艺术家。据统计，从1933年开始，约有2500个德国作家分别流亡到了41个国家，其中主要是美国（美国有1281个）。20世纪30年代文学和科学人才从德国和奥地利转移到美国是人类历史上最大规模的智力转移，这次人口迁徙给美国电影工业、心理分析、音乐、美术以及大学的许多研究和学术来了一次大范围的换血和清洗。移民美国的知识分子和作家、艺术家大多数是犹太人，他们在遭受巨大的语言和文化错位所形成的困扰中创作了无数惊人的作品：包括索尔贝娄、马拉默德、施瓦茨、古德曼、辛格……

流放和流亡并非全是不幸。德国知识分子阿多诺在20世纪30年代纳粹掌权后即离开祖国流亡到了美国。反省自己的流亡生活，他说离开母国恰好是一个乐观的摆脱旧文化的羁绊的机会，这种生活给了他不同的生活安排以及观看事物的奇特角度，虽然不能减轻焦虑和孤寂感，但会使整个知识分子行业显得有生气。

用双足远离自己的故土有点像失去行走功能的跛子：跛足给了他们别样的视角和沉思的权利，他们不再是风景的主体，而是趴在窗口的痛苦而冷静的观察者。离开祖国,离开故乡,成为少数派,这样的一种处境相当于将自己置于一种特权、权力之外的边缘位置,就像舞台的边角——观察的视野被扩大了。有时候作家、艺术们也会自动选择离开故乡,有很多作家和艺术家喜欢冒险的旅行和流浪:作家洛特雷阿蒙生在乌拉圭,年轻时却远渡重洋来到了法国;诗人波德莱尔从巴黎去了毛里求斯;兰波从巴黎出发去了阿比西尼亚;画家马奈去了巴西;德加去了路易斯安那;高更去了塔希提;莫迪里阿尼从意大利出发来到了巴黎……远行给他们的创作带来了无比丰厚的获益:熟巧的语言和连贯性的文明会导致思想的瘫痪;熟人的社会网络也会阻止个人意识获得逃逸的空间,从而导致精神和智能上的萎缩。而一旦与故土脱离,成为另一地文化的边缘人物,情况就会发生戏剧性的转变……

　　脚仅仅是将他们带到了异国他乡,不管在哪里,灵魂思考的仍旧是相同的人性和相同的情感。脚有很多地址,大脑和灵魂终生却只有一个地址。乔伊斯一生两度离开爱尔兰,第一次是1902年,第二次是1904年,他带着刚刚认识的娜拉·巴那克,那次离开让他永远地告别了家乡。晚年有人问他会不会回爱尔兰,乔伊斯回答道:难道我离开过吗?

腰

腰是人体里最大的误解。

腰是人体的一个方位词，指人体的中间，或者中段，但实际上腰就是肾。"肾"这个词删除了一切修辞，只让我们想到一个器官——两块酱红色的肉，像两只括号安装在我们身体的中部，但括号里却没有任何内容。腰则不同，"腰"这个词与性爱活动可以陈仓暗度，形容女性的腰肢时，多半含有性意味，指的根本不是肾，而是肾周边的生殖器、臀部、腹部的综合造型，是蜂腰还是水桶腰——腰对女性的性魅力几乎有一半的决定权。而男性若是提到腰，则是指肾脏功能，即性活动频率程度，腰肌劳损，说的其实是该男性过度使用了生殖器，导致其周边肌肉群的疲乏。

所以说肾是一块荒地，单一，荒芜，安静；而它的别称"腰"则是一座花园，在它的起伏之间栽种着灌木、花朵、苔藓，甚至高大的乔木。人们在这座花园里徜徉，流连，打情骂俏。在"腰"这种词上停顿，比在性器官比如"阴道""阴茎"的词语上停顿要体面，仿佛人们真的只是在欣赏一位女子的线条，而不是线条之内那些能给他们带来极大肉体欢愉的性器。人们就是这样修辞他们的生活的。"腰"这个词的方位感，还让人们想到或许人的身体里真的有这样一块空地，它模糊地管辖着男性性器官，警告它要懂得节制。

人们觉得腰细的女性更迷人，因为细腰成为一个连接，上端是丰胸，下端是肥臀，它使人的身体形成一个完美的"8"字形。但腰粗者勾销了这个造型，取消了过渡，取消了停顿，人们觉得这样的身体在美学上乏善可陈，就像一支直立的铅笔。过渡在任何事物里都很需要，因为不论好的事物与坏的事物在这个世上都必须统一，最后也必将统一，是过渡将它们联结起来：过渡使好的不那么耀眼，坏的变得温和，使美不危险，使丑不刺眼，使善不乏味，使恶不可憎。过渡是一个驿站。而腰正是人身体上的一个驿站。

卸去了腰的修辞之后剩下来的肾，其实是一个危险的器官。因为肾很容易出问题。作为一个排毒器官，它是人体里的一个垃圾中转站，它把液体里的有毒物质滗出来，把液体变成尿，然后输送给膀胱。通俗地说，肾脏其实是一家生产尿液的工厂，但人们经常将肾误解为性器官的一个远亲。肾这个污水处理工厂自身经常会发生故障，尤其在今天，因为生活方式的不健康和自然环境的恶化，有了越来越多的肾故障者，即尿毒症患者。污水处理工厂处理过后的污水排不出去了，于是肾自己中毒了。所以说肾是一份高危的职业，它临危不惧地站在那里，整日让自己置身于一些负面的事物里最后还难逃干系。不过肾的最重要的优点在于，它区分得出伤害，懂得抛弃。

要判断肾病患者，有一个行之有效的办法是，观察此人是否有虚胖症候，也即浮肿。这在那些不懂得判断，不懂得抛弃的人身上也经常有此征候，他们把假知识、常识和偏见携带在身上装博学，装深刻，装大人物，而真正的知识和智慧在他们身上无法进行良性的循环，因为他们缺乏辨别精华和糟粕的能力。如今，网络时代也具备了这样的特征，它庞大的内存里，充斥着毒素大过营养的各种信息，起初人们因为更新得太快没有时间去甄别；久而久之，人们变得没有能力去甄别；再久而久之，人们不知道什么是真善美了；最终，人们的价值体系崩溃，善恶标准浑浊，清晰的世界在人们眼前消失……

肛门

肛门是我们身体内脏最后画上去的句号。

作为终点，肛门并不张扬，它位于我们身体的中端，厕身于屁股的两坨肉形成的峡谷里，它还弱化了其洞穴的造型，让自己看上去就像一个消失在无限之中的点——它众多的褶皱就像光线一样刺向人体的深处。它以这样的造型和方式为我们提供了窥视、结束和轮回。

肛门使我们相信，一切事物总有终结，特别是那些不好的事物。经过肠子这个冗长器官的咀嚼和反刍，美食最后全部成为坏的事物——几乎都是对身体有害的毒素。就像真理被重复成为陈词滥调必须被排出我们的舌尖一样，为了排泄这些被我们消化过的美食，我们发明了肛门，这座身体之门，我们打开它，并且丝毫不留恋曾经作为食物让我们魂牵梦萦这个事实，我们把前美食统统送出身体。

肛门作为结束，使我们可以放心地对待这个世界。结束和消失，与开始和出现一样，令我们觉得世界是完整的，并且可以让我们把一个事物与另一个事物联系起来，比如：一条路因为有其终点，可以让我们得到墙和休息；一朵云消失后，可以让我们得到雨和滋润；一朵花枯萎，让我们拥有了种子和诗歌；人类食物的命运结束后，可以成为其他生物的养分并且始终处在那儿……肛门让我们觉得，万物并不是一次性的，它处在无休止的轮回中，任何一个瞬间，任何一种形态都包含了开始和结束，生和死。或者说，结束和死也是生的一部分，就像门也是房间的一部分那样。

"把停下来的地方当作终点是沉闷啊，未被擦亮就生锈，而不是在使用中生辉。"对于被人体的肛门排出来的食物，丁尼生的这句诗简直说出了它们的心声，肛门从来不是它们真正的终点，作别人体后，它们有可能在动物和微生物的胃壁里继续它们的使命，也可能在植物的身体里找到栖身之处，甚至它们也可能仅仅是在土壤里，在风中继续生辉。宇宙最大的秘密就在于它的无始无终。但它在它的无始无终中，却又假扮出了无数次的开始和结束，就像舞台剧里的中场休息，为的是重新勾起我们观看的欲望，惊异的欲望，厌恶的欲望，对于欲望的欲望。

生殖器

1

性是下半身的大脑。

性,与其说行为,不如说是一种机制。在性机制里,性是一切,爱情,卫生,治安,政治……就个人而言,就如桑塔格所说,性在最大意义上不是爱的流露和表达,不是愉悦的身体体验,而是对自己精神的调查,每次调查一个部分。性在很多时候还被当成文化上的认知方式,它包含了彼此的安全感、吸引力、价值观,以及一种在最隐秘意义上的自我确认。

实际上,性还是我们语言的一种隐喻,或者说,语言有时候是性的一种隐喻。乔治·斯坦纳在《巴别塔之后》里说:

性无能和语言障碍,早泄和口吃,遗精和梦呓,这些现实的两两关联，似乎将我们带回至人类最根本的心结。精液、排泄物、词语都是"交通"产物。它们是个人内部向外部现实发送的信号。它们的象征意义，它们引发的仪式、禁忌、妄想，社会对它们在使用上的控制，这些问题在最深的深处盘根错节。

2

　　性能带来快感。但快感有很多种：吃饭时食物刺激味蕾的感觉，痒被抓的感觉，内急时大小便冲出排泄器官的感觉……性快感不过是其中最强烈的一种。
　　但性快感是一种伪快乐。因为它只作用于肉体。不分类，不标示，不沉思，也不会唤起时间和记忆。它只有现在时。我们无法描述性快感，在具体感官上，它形如一条双向流淌的河流，具有让我们的身体同时抵达最深处和飞离肉身的功能。对于女性来说尤其如此——几乎没有一位女性能够准确描述在性生活中所体验到的性快感。性快感的难以描述和不期而至也使得它成为人们身体里的一个斯芬克斯——并非所有人都能体验到，并非每一次性行为都能得到它，甚至有些如阳痿患者会莫名其妙地丢失它。美国作家梅勒认为它是一种难言的行为，是阴暗的、顽强的、复杂的、让人兴奋的、荒谬并常处于堕落之中。但大脑对性交这种行为显然是认可的，因为它为此而分泌出一种多巴胺的化学物质令人愉快，据说对身体健康也有益。不过人们对性快感的态度却是复杂的：一方面，性快感为我们提供了一个乐园让人们乐此不疲；另一方面，这个人间乐园的后面却是一个绝境——就像所有的乐园一样，人间乐园之后就不能再进一步了，乐园之外不会再有乐园了，终点之后不会再有终点了。也就是说性快感为男女关系提供了一个终点，人们常常在终点、此种时刻之后对对方产生短暂的厌弃——为了让身体免于疲惫，厌倦感给我们的身体加了锁，这是一种生理学上含蓄的机智。再也没有比性快感更好的感觉了，身体与身体的碰触再也不会有比它更美好的地方可以抵达了。就像诗人布罗茨基所说："乐园是绝路，它是空间最后的景观，是事物的终结，是山顶，是峰巅，再也不能从那里向上走——除了走入纯粹的时间，于是才会有永生的概念。实际上，这同样适用于地狱：至少在结构上，两者之间有很多共通点。"

3

就形状而言，性器官是人体中最为不庄重的器官。无论男性和女性，性器官都有迥于其他器官：女性性器官总是让人联想到伤口，它破损、不整齐的阴唇就如经历过一场未愈的外科手术，它肉褐色的颜色也像是永远沾着污迹，随着性生活次数的增加而愈加黝黑；男性生殖器则表现出了所有的突兀和多余，就像业已完成的雕塑最后又不慎粘上去一块废料。男子原本肌肉健美，每一条弧线，每一根脉搏都有出处，大腿根部却在这里自行建立起了一个小世界，无论从肤质、造型还是功能来看，它都不同于它的周边，因为这种不同，它以阴毛作为栅栏把自己隔离了起来。正因为如此，人们用大腿根部紧紧将根部掩藏，把人体里的这个器官异类掩盖起来。但欲盖弥彰，性器官总会在第一时间成为裸露人体的焦点。在我们这个文明社会里，向异性裸露性器官多数时候和场所是不合法的，只有以下几个场合除外：夫妻的双人床上、手术台或产房里、艺术家的画室。也就是说，观看性器官是否合法主要取决于场所：在大街上观看性器官是一种猥亵行为，在手术台上观看性器官是一种医学技术，在博物馆里观看性器官则是一种艺术修养。

　　就像不观看一样，人们也几乎不公开说性器官。在中国古代，人们专门发明了一些词汇用来指称性器官：鲍鱼、花蕊、琼门；玉茎、玉尘、龙头、箫、那话儿等。西方也有一套话语系统,男性性器官被隐晦地叫成"开荒犁",女性性器官叫"捕蝇器"。至于性交本身,也有相当多的别称:云雨、咸池、甘渊、桑林、桑间、齐社、燕祖、云梦……这些声东击西的称呼和叫法是为了将性器官推得更远,将性行为变得面目模糊,同时还要让人觉得,人体不过是宇宙的一个模拟:器官就像植物和动物,而性行为则不过是一些气象(如云雨)和地理(如桑林)。

1907年,美国一位妇女因为奇怪的流血现象去一家诊所就医,她反复描绘自己的病症是"腹痛""极度衰弱"。医生听了半天不知所云,经过几度问询之后终于探明了她的病因。原来女病人的阴道深处14年前扎进了一根木刺后就开始发炎,其间结过两次婚,曾多次就医,但每次医生们都不明白她得了什么病。她对那个部位三缄其口。如今,她已经患上了严重的阴道癌。

这是一个典型的案例——人们逃避说出它的学名犹如逃避瘟疫。"下面""下半身""那儿"……将器官定义为身体的方位词,用语言的遮羞布将这个部位紧紧蒙住。这么做都是为了远离性器官。但越是避讳,越是对它萌发好奇心与探测的兴趣。

4

肛门成为一个假装的性器官，是我们人体最大的冤假错案。它与性器的近邻关系使它难逃其职，它洞穴式的构造也让其容易成为性器的替代品，一个备份。男性偏爱它用作性交时的第三个性器。据说是因为男性间在肛交时会刺激受体方的前列腺。海蒂性学报告认为男人通过刺激前列腺所获得的性高潮，强度远远高于阴茎性高潮。而对于女性而言，肛交更多是为了获得一种称为"充盈感"的快感和猎奇心理甚至受虐倾向，这种"充盈感"类似憋大便，但伴有不轻的疼痛。在日本人性文化中，菊花和剑指的就是男人的肛门和生殖器。不过最早将肛门叫菊花的却不是日本人，在中医的全身穴道图，专有菊花穴这一说（肛门）。不管怎么样，菊花，剑，这个两个词在审美上所引起的联想与那些鲍鱼、玉茎、云雨、咸池一样，最大限度地降低了性的淫佚程度。

5

人体在器官上的分配总的来说是无规律可循的，它的精简和铺张既使我们身体显得婉约、神秘，又不免烦琐啰唆。例如，我们给予消化以嘴巴、食管、胃、肠这样多元、宽敞的场所，对于生殖这么重要的事，却只分配给它一个很小的器官，在方寸之地，它还兼具了交配、生育和排泄三种功能，堪称人体器官勤政的典范。当然，正是因为性器官的多功能，使得人们对它的态度模棱两可：排泄时，它是污秽的；交配时，它一半是淫秽一半是美好；当用于生殖时，它又是崇高的。

原则上，性交这种事最好私底下进行。因为交配时就连教养最好的贵族都难免举止粗鲁，面目可憎。性交时，人们释放出了最多的本能，并携带着暴力、妒忌、贪婪、欺骗等原罪。人们在性交时，外形上几乎与格斗没有区别——这种事小孩子最有发言权，小孩在夜间看到父母做爱都像在打架，这种误解倒是在一定程度上抵消了观看带来的淫冶感。事实上人们在性交时的确行为失序，而且若对象不当，还属于犯罪行为。

性交疑似暴力和犯罪，以及它确实在某些时候属于犯罪，与人类第一次不合法的性交有关。众所周知，人类的第一次性交源于我们的一次盗窃行为：亚当和夏娃偷吃了伊甸园里那只苹果后，发现对方楚楚动人、风度翩翩，之后两人就□□□□（此处删去几千字）了。在这之前，亚当与夏娃就像植物一样纯洁，他们在光秃秃的花园里玩泥巴，捉蝴蝶，睡懒觉，同时，把自己身上的一切都视作确定无疑和不可更改的存在。夏娃甚至以为自己真的是一根从亚当身上抽取出来的肋骨。事实也是如此——人类的第一次性交其实就是男人与自己的肋骨做爱。之后，当越来越多的肋骨和肋骨的后代交配之后，地球上就有了部落、民族、国家。之后，人们开始觉得性交这种事不甚体面；某段时间又特别放荡，特别迷恋；之后又以此为耻；之后又放荡，性解放……总之，人类文明的历史几乎就是伴随着对性器官和性交的态度的反复而绵长起来的。人们围绕着性结成了各种各样的关系，甚至连国家也以性关系作为纽带进行结党伐异。交换性器官比交换真金白银更管用，性器官也因此成了国家的重要财富和军备物资，在某些时刻比军队还管用。中国古代就不乏用性贿赂与和亲来消弭战争的案子。大名鼎鼎的"四大美女"——西施、王昭君、貂蝉、杨玉环，其实就是四大国家级女性生殖器的另一种别称，她们之所以被写进史册，就是因为曾被应用于性贿赂与和亲。

　　西方国家也同样如此。欧洲诸国的君主和元首基本上都是换来换去的亲戚，国家之间一有摩擦，或某些小国想增加财富，就脱裤子和交换生殖器。但高密度的联姻是有风险的，西班牙哈布斯堡家族和维特斯巴赫家族就因为频繁的近亲性交换，导致了后代质量下降，出现了大量身体和精神残疾的皇室次品。

性看似能够解决男女问题、生育问题，以及最重要的政治问题，但我们却倾向于认为在终极意义上，它解决的只是人类自身的孤独问题。曼古埃尔说："性交融的刹那使我们在另一半上放弃自我，在对方身上我们得以改变……不过即使在最亲密的时候，性也是一种孤独的行为。"经常的情况是，人们试图通过两人间的性行为来解决孤独问题，可常常以失败告终。因为性，特别是性快感，只有现在时，没有其他时态，对于男人来说尤其如此——男人的爱情是从床上消失的。而只有"现在"，永远处在"现在"，是中世纪学者所认为的地狱的定义和特点之一。在性交时，人与人只是一种局部的、短暂的、现时的交融，这种交融的本质并不是交换，而是排放——男人为了排放上千亿的精子，而女人则为了她每月的那个卵子。性交这个过程对于女人来说就像病毒入侵，本质上是卵子在变异，就如冬虫夏草被细菌植入、毒害，最终变成第三种事物——麦角菌科真菌与蝙蝠蛾科昆虫幼虫尸体的复合体。性关系之后的婚姻，就是这个"第三种事物"。当性关系被体制化，也就是产生婚姻之后，性关系之前的孤独往往不是消除了，而是被加剧了。

桑塔格说，她一生服过三次刑，她的童年、她的婚姻和她孩子的童年。在她自己的童年中她服的是无知的刑，在她短暂的婚姻中服的是被控制的刑，在孩子的童年中服的是失去时间的刑。

王尔德也说，人世间有两类不幸，一无所获的不幸和整个拥有某种东西的不幸。婚姻就是让一个人整个儿地拥有某个人，让一只性器官整个儿地拥有另一只性器官的不幸。

索福克勒斯在《阿基里斯之爱》写道：爱就像握在孩子手中的冰。

"感谢上天，我做了爱/与我在意的女人……咔嚓，裂了你的心。"波拉尼奥在《希望》中也写道。

6

男性生殖器是一个非常科学的装置，它的以小纳多、管状结构和伸缩自如，使它在征服女性世界时应付自如。德国格·克·利希滕贝格说，有用的东西都是用管子制成的，比如枪、笔、男性生殖器。枪用来征服国家，笔用来征服智慧，男性生殖器则用来征服世界，因为征服世界的起点在于征服女人。一把哑枪是征服不了女人的。所以男性通常将自己的性器官作为自己男性能力和战斗力的象征，它在外形上的长度和直径甚至都会成为衡量男性魅力的指标——虽然这毫无科学根据。成年之后，男人们会带着他刚刚长齐的胡髭，披着一块糅制平整的兽皮或扛着一条鹿腿——几百万年之后，男人们揣着珠宝盒和丝带捆扎的玫瑰——同样不变的是胯下这根伸缩自如的拐杖，和拐杖里填埋着成千上亿个复制品的火药——他们以它做礼物，敲开女人的房门，然后乘她们高兴之际对她来上那么一枪。

这样枪击的场景发生过无数遍，每次都让男人成为赢家。所以后来男人们发明了真正的枪，用以射击自己的同类，并且夺得了国家，夺得了土地，夺得了石油和未来。在枪里面，精子们作为人类的复制品拥挤地挤在枪管稍微往下的两个小皮袋里，与大脑相比它们才是人体真正的芯片，和女人子宫里的卵子一道，记录着宇宙间石头、洋流、气候、云朵、四季的信息，记录着声音、颜色、温度、光线的变化，记录着恐惧、喜悦、爱、怯懦的人类情感，记录着各种各样的死和非死，以便让人类在一出生就是成熟的。人类只有几十年光阴，没有那么多时间去学习和修改自己的错误行为，于是，它们帮我们预存了一些记忆，并将其作为最早的礼物带进了女人的身体。可以说，精子是男人身体里一个隐蔽的中心，通过女人的身体，通过女人的生殖器，把男人带到各种各样的远方。

这样，我们可以说，性器官才是我们人体里最远的远方，往前，它可以到达几百年前甚至远古，就像一只无比巨大的俄罗斯套盒，打开它，是我们的父辈；再打开，是我们的祖辈；再打开，是更前的祖宗；之后，更前更前的祖宗和更前更前更前的祖宗……而往后，是同样无尽的未来，它们会一代代通过精子和卵子这两个小小的芯片将我们远远传播。它让我们生活在时间之中，一头通往过去，一头通往未来。人类的一切在性器官这个方寸之地得到更新、修改和延续。

因而，每个人在这里的出生是无数人的出生；同时，每个人的死，也是无数人的死。

月经·贞操带·
淫器·壮阳物·
避孕·妓女

流血只有在两种情况下不能算作惊怵事件：一是月经来临之时，二是处女膜破裂之时（强奸例外）。

月经，顾名思义，就是血液每月经历或经过一次，即女性子宫内膜每月一次脱落的组织和血液由阴道排出。每28天至30天一次月经，表明女性才是真正天人合一的物种，她的身体就是一个时间沙漏，可以度量宇宙和星体的变化。在这方面男性则要混沌得多了：男人的遗精现象无规律可循，精子的数量也无可计量，生命于他们而言是一段没有刻度的漫步。女性的性器官则从上到下都是数字：每28天至30天流一次月经，生产1个卵子；每一次月经历时3天至7天；怀第一个孩子需要10个月的时间；生育年龄（有月经的时间）12岁至50岁。

女性生殖器每月一次持续几天的打烊是必需的，因为子宫这所育婴房需要定期修缮。当当月生产出来的卵子没有合适机会与精子相遇时,子宫要来一次大清场,这个时候,阴道成了运输垃圾的走廊。男性生殖器则没有这个大扫除的自觉,尽管它每天能生产上亿个精子,却从不做清洁工作,有时候它会自我吸收,把它们当成营养进行内部消化。

女性生殖器是场所,男性生殖器是访客。场所的特征是:被动性,有一定的空间容纳量,会定期打扫(上段已提到的月经),限制某些来访者或实行VIP制(夫妻或情人),偶尔收门票(如妓女的生殖器),必要时加锁拉闸(如古代贞操带)。贞操带这种发明就是用来给性器官加锁拉闸的。

与专给头颅发明帽子、给眼睛发明眼镜、给脚发明鞋子不一样,帽子、眼镜和鞋子的是为了拓展器官和部件的功能,贞操带是为了限制生殖器的功能,是为了它的"不用"。贞操带别名"佛罗伦萨皮带",最早出现在意大利。传说12世纪以后,意大利罗马、那不勒斯等地性放纵到了无以复加的地步,妒性之风也因之而起,丈夫们为了预防和惩治妻子们出轨,发明了一种可以开关妻子性器官的贞操带。这种贞操带其实是一张紧护阴部的金属片,有两个孔洞用作排泄,金属片前后紧勒于两腿之间,挂在腰间的一个环扣上,环扣上设有特制钥匙才能打开的锁。贞操带的最初发明者据说是威尼斯的暴君卡勒拉，这位暴君在位的时候发明了很多令人发指的刑具，贞操带是其中之一。之后，贞操带开始流传至西班牙、法国和德国等国家。到了16、17世纪，这种明显带有男权主义的"刑具"成了欧洲贵族妇女的奢侈品。19世纪维多利亚时期，贞操带又在另一个意义上盛行开来了，因为当时的医学认为自渎有害，于是很多医学研究都提倡用贞操带来制止自慰。在俄国，受可以确保妇女贞洁的贞操带启示，有人为维持少女的贞洁发明了一种类似于贞操带的贞洁带。克西亚的女孩成熟前，会被迫穿上用兽皮缝制或编织固定护阴带，系在腰间，并从背后缝死；有的则用银锁上锁直至新婚之夜方可打开。

　　无独有偶，中国也出现了类似的贞操带，即被称作"穷绔"（同"裤"字）和"守宫"的物件。这两样东西都是用来防备女性性事保持贞操的。《汉书》第九十七卷《外戚传》记载：汉昭帝时，国舅霍光想让皇帝只宠幸皇后并且生下儿子，要求其他嫔妃一定穿上穷绔，且不得接近皇帝。"穷绔"，其实就是一种前后都有东西挡住，且系带很多的内裤，由一些厚实一些的织物或皮制品做成，很不方便脱下。在功能上与西方国家的贞操带一样。

　　如果说贞操带是禁止女性使用自己的生殖器，而像缅铃、羊眼圈、银托子等器物，则是让男人如何尽兴地使用女性性器官。

缅铃。据《滇粤杂记》记录：在古代缅甸，有一种淫鸟的精液有助于房中术，于是人们将这种鸟的精液淋在一块黄豆大小的小石子上，然后用铜将这块小石头包裹起来，就像铃铛一样。行房时，男子将缅铃塞入女性的阴户，得到暖气后，缅铃就会快速自转起来，让女性得到快感，同时，男性也在这个过程中享受到不可思议的快乐。

羊眼圈。羊眼圈是以公羊的睫毛缝制而成的环状物，性交时套在男性龟头下的冠状沟，因能勒住勃起的阳具，血液难以回流，而使其更为硬硕。同时，羊睫毛也能增加女性在摩擦时的快感。

银托子。据说此物是西门庆淫器包中的常备物。银托子可像戒指一般套在阳具的根部，当阳具勃起后即勒住根部，使血液不回流，以维持更长的时间的强势勃起。

有助男性生殖器的壮阳物，有如下几种奇葩：

"红铅丸"。取童女初经,用乌梅水及河、井水搅净,晒至七成干后,掺入乳粉、辰砂、干香、秋石等中药,并研制成粉末,然后用火焙干。

象精。据明代沈德符记载,京师里的大象每年六月六都要在郊外的河里洗澡,洗澡时因为公象与母象相互吸引而在水中交配。事毕后,大量的雄象精液都会浮至水面,腥秽滑腻不堪,管理人员不得不在远离大象的地方淘洗个十来天,才能将水面恢复清澄。有懂养生之人见后灵机一动,此后大象每次交配后,他们立即下水去淘取水面上的精液,并将其制成春药,据说可以让男性生器勃起更雄壮,也更持久。

人参饲犬羊。弘光年间,朝天宫道士袁本盈向宫中进献春药秘方。方法是先用人参喂羊,再以羊喂狗,然后将狗肉切碎,拌入草中喂驴,等到驴子发情交配时,割下它的阳物,烹饪后食用有壮阳的作用。

盐。西方人将盐视作催情物。

还有各种避孕方法:

将麝香放入女性的肚脐可以避孕。

藏红花可以避孕。这种方法是从宫廷传出来的避孕秘方,如果皇帝不喜欢某个被宠幸的宫女,就会让太监把这个宫女倒挂起来,给她用藏红花液清洗下身。

喝水银能避孕。

吃柿子蒂避孕。有一种民间偏方，说每天取七个柿子蒂用瓦片焙干研碎用开水送服，连续四十九天，可保一年不孕，但一年内不许吃柿子。

服用含铅的打铁水能够避孕。

海狸睾丸泡酒喝可以避孕。

……

在器官移植技术被人们发现之前，性器官是人体里唯一用于交易的成员。妓女的存在体现了性器官的商品属性。性器官参与买卖也破坏了爱情与性的对称关系。就价格而言，最贵的性器官与最便宜的差之十万八千里。在日本江户时代，夜鹰是妓女中的最底层，专门给庶民、低级武士提供服务，价格相当便宜，一个晚上的收入相当于一杯半荞麦面；而那些才貌全双的"妾奉公"之类的高级妓女，一晚却可以赚到五万巴，是前者的四百倍之多。

西方国家最早的妓女是和宗教联系在一起的，那时人们认为失身，也就是向陌生人卖淫是献给上帝的见面礼。"妓女"这个词最早出现在公元前汉谟拉比王（公元前1810年至公元前1750年）时代，当时神殿里除了男祭司、佣仆、工匠外，还有不少受人尊敬的女祭司，她们来自优裕的家庭；另外还有居于"神"与"祈祷者"之间服务的"圣职妓女"，她们的收入是神殿主要的经济来源。公元前5世纪，希腊历史学家希罗多德曾描述过巴比伦神殿里的妓女："每一个当地的妇女，在一生中有一次必须去神殿里，坐在那里，将她的身体交给一个陌生的男人……直到有一个男人，将银币投在她的裙上，将她带出与他同卧，否则她不准回家……女人没有选择的权利，她一定要和第一个投给她钱的男人一起去。当她和他共卧，尽到了她对女神的职责后，她就可以回家。"也就是说，最早的时候，每位女性同时也是"妓女"，因为女性只有通过成为妓女才能向上帝表忠心。在送给上帝的供品清单中，除了虔诚的信仰，必须得有一副洗净的生殖器。当这些妇女献身时，上帝会在他又高又大的神殿里像审片人一样从一个小房间穿梭到另一个小房间，以便对那些圣洁的A片一一过目。为了吸引信徒，这个建造了伊甸园，又亲手毁了伊甸园的老头子将他的神殿变成了一座公开的妓院。古代西方人还认为，第一个与女性交媾的男人会在她的身体上留下印记，此后她出生的孩子多多少少都会有第一个男人的样子。如此一来，在神殿里献身的处女是有极大风险的。

如果说西方最早的妓女是半神职人员的话,中国古代最早的妓女则是公务员。《史记》记载,建成中国第一家妓院的是齐桓公。"齐桓公宫女中女市七,女闾七百。"也就是说齐桓公建成的第一个妓院还是一家国有企业,或者说国家大妓院。不过,在那之前贵族已有蓄妓的风俗了,那时那些"妓"被称为"女乐"。

以色列诗人阿米亥有诗《肉体是爱的理由》:

    肉体是爱的理由
    而后,是庇护爱的堡垒
    而后,是爱的牢房
    但是,一旦肉体死去,爱获得解脱
    进入狂野的丰盈
    便像一个吃角子老虎机蓦然崩溃
    在猛烈的铃声中一下子吐出
    前面所有人的运气积攒的
    全部硬币

自从有了性交易之后,对于妓女们来说,肉体正是不爱的理由!

手

1

脚让我们区别了动物和植物,手则帮助我们区分了动物和人类。手这个简约的人体装置有着任何工具所不能比拟的灵活性,它让我们同世界建立起了各种动物无能为力的亲密关系,使我们对材料的应用更为彻底,对我们自身,它也用抚摸来让我们与肉体建立起了世间最为频繁的爱。

手的造型就像两片大戟科蓖麻属植物叶子,它实际上是两个触角丛,每一个手指都是我们刚刚伸出去就戛然而止的触角,它们集合起来,以便能够完成、撮、拍、揉、弹、戳等动作。打理人体,主要依靠的是它。手是我们身体上轮廓最为简洁的一个工具箱,当我们决定使用我们的双手时,其实我们是在尝试拿起或放下扳手、锤子、起子、刀片、勺子、筷子，这一系列的工具都集中在我们的手腕、手臂和十指上。我们的手上还有我们的一整个命运，我们握着掌心那些杂乱无章的纹路正像握着我们的人生示意图：这些纹路有的通向我们的智慧，有的描述了我们的健康，有的勾勒了我们的事业，甚至丈夫们与他们的女同事在某个周三下午在单位茶歇室调情也能在手掌的纹路上反映出来。它实际上是我们的路，我们的痕迹，我们的秘密。它让我们明白我们活在这里的每一个人都有方向，都有期限，有容量。它是我们的寻宝图，但通往的终点不是宝藏埋藏点而是消失。每一条线路都在它的不远处就消失不见，有的消失得缠绵，有的消失得毅然，有的还会彼此交缠在一起，但最终一起隐身。尽管如此，我们却不气馁，仍沿着那些越变越细的线路走啊走。

2

是进化论说手与脚具有某种亲缘关系的。据说最早的手都是脚，后来不知哪只聪明的猿忽然把前面那两只脚从地面上抬起，其他猿类见状纷纷效起而仿之，因为这样它们就能摘到长得更高的果子；同时，当它们亲近异性的时候，再也不会把脏兮兮的泥巴沾到对方的生殖器上。就这样，这两只离地的脚开始变得越来越细，十个脚指头也变得越来越长，最后，指头成为了手掌的主要部分，并且能够灵活弯曲。第一只把脚从地上抬起的猿动作开始还有点不那么自然，身体的平衡不能被很好地控制，指头也不大能握住东西，后来，抬起的脚在空中越来越久之后，越来越多的脚们觉得它们都不大能习惯地面生活了，它们发现成为身体的上半部让自己更为体面和尊贵，仿佛是大脑的贴身侍从，它们也不用再担心会踩到其他动物湿漉漉的粪便，而直起身子也不再那么累了，这些脚们便觉得自己已经不再是脚了，它们决定把自己叫作"手"。

"手"那时候不知道，成为"手"只会让自己更为操劳。在仍然是脚的日子里，它只须机械地负责行走，移动，不需要有那么多的技巧花和样，等到达目的地之后，也可以像身体其他部分那样地歇息下来。一旦成为"手"，它发现自己再也停不下来了，几乎所有的运动都必须参与其中，从梳头到挠痒，到编结兽皮，到与异性交配，身体对它的信赖一日比一日严重。这时候，猿，不！这时猿已不再叫猿，人发现手的用处几乎超过了一切。有了手，人也不用再跑得那么快了，因为手能够帮他们磨制武器，以前光靠脚躲避的危险，现在有了手的帮助后，还能得到更多的食物，比如种植用以果腹的作物；把海水拦起来晒制盐巴，因为盐巴可以保存动物尸体。

手的地位于是变得越来越高。为了嘉许它，人们为它发明了好几种装饰物，镯子和戒指就是其中的两种。戒指还有一种功能，那就对亲近它的颁布禁令：此人已婚，切勿亲近！因为手是人体上的外交大使，人与人最初的交往都是通过它来完成的，将这条禁令颁布在无名指这个方寸之地，既装饰了手掌又节省了空间，可谓一箭双雕。当一只手挥动它戴戒指的无名指时，我们必须将其看成是一根带电的棍子。不过这条禁令并不怎么管用，因为人类的很多时期是允许一夫多妻和一妻多夫的，尤其是一夫多妻。一根戴有戒指的无名指并不是一根高压电线，婚姻所具有的魔力既不会电死植有高压电线的围墙内的人，也不会电死试图进墙和墙外的人，相反，它会让所有靠近它的人断电。

3

把部分性爱功能转移到手上却不是进化论的发明。因为动物也有此爱好。"手淫"这个词，更使人想到性器官而不是手，在这个词语中，手仅仅作为一个修饰语而存在，它是主事者，却让人想到施事者。在手淫中，性活动是临时的，快速的，非正式的，孤独的，是性活动的简易版——当一个性器官与另一个性器官在一起的时候，就像穿礼服的性活动；而一只手与一只性器官在一起则只是一个穿便衣的行为。这个便衣行为，在凯撒大帝自传中却自有一种重要性。凯撒大帝写道：对孤独的人来说手淫是伴侣，对被抛弃的人来说手淫是朋友，对年老的和阳痿的人来说手淫是恩人，对那些不名一文的人来说，他们还是富有的，因为他们仍然有这个宏伟的消遣。的确，这个宏伟的消遣从不会因为其主人是成功人士还是落拓者而减轻它的快乐，在自我的深渊里，它俯视着自身，欣赏着自己这稍纵即逝的升华。

马克·吐温却不认可这种方式，他以小说家的机智批评了这种人类试图自娱的行为：在所有的性交方式中，这是最不值得推荐的。作为一种娱乐它是短暂的，作为一种工作它是十分令人疲乏的，作为一种公共展览它赚不了钱。在上流社会它是不适宜的，而在有教养的社会里它早就被驱逐出社交平台了。所以，总而言之，我要说的是：如果你一定要在性生活上下赌，不要单枪匹马地干太久，当你发现在你的身体里发生了革命性的暴动时，让你的旺多姆以其他的方式——至少别用手卧倒。

古代人们认为手淫不利于人们克制情绪，会使大脑感到疲劳，会削减身体的其他功能，当然，最主要的危害是来自对象的缺失——由于它的快感来自某个虚幻中的人物，时间一久就会将性欲非社会化。从生理上（主要针对的是男性手淫）讲，人们也认为手淫十恶不赦，会导致一系列的恶果：精液损耗导致吸引营养的障碍，之后会被腹泻所折磨，然后呼吸失常，神经系统出现严重的衰退，在某些情况下还会诱发疯狂癫痫的发作，出现痴呆现象。当然，性器官功能也出现了不可避免的退化……为此，人们发明了一系列名目繁多的治疗手淫的方法：冲洗疗法，按压会阴部，结扎，阴茎电疗，尿道探测，吞服颠茄或溴化物。对于青少年，要让他们停止这种"恶行"的主要措施是，让他们把手放在可见的课桌或床单上，或让他们穿上一条可以将性器官固定在某处的紧身裤，以及使用各种各样的带子。

手淫的真正危害并不是使大脑疲劳、精液损耗、腹泻、呼吸失常，以及将性欲非社会化，而是会让我们觉得这个世界最美妙的感觉真的只是一些机械运动而不需要对象的真实存在。由于我们自己能够解决问题，我们就不再是任何人的偏旁和字根，我们自己能和自己交配，我们自己能解决自己的孤独问题，我们如同精准的机器，总是朝着有用的目标进发，扰乱我们的视线、吞噬我们时间的爱情和性吸引再也无法将我们从工作台上夺走。手能导控了一切，手成了我们身体的上帝，如此，感性的身体在今后就再也不会成为我们的敌人了。摆脱掉那些基本的欲望和原始的本能，我们终于可以等到那一天——将神灵迎进我们的身体。

对于我们的身体，我们一度对它怀着多么巨大的仇恨啊！

4

在西方，食指在很多国家的口语中意味着表达方式，在宗教中，竖起的食指还是一个昭示预兆的手势，所以在收藏的圣徒的各种圣骨中，食指尤为珍贵。

在佛教典籍中，千手观音菩萨是一个慈悲的神，她余赘的千手表示遍护众生的爱心，千眼则表示遍观世间的敏锐。在佛像的造像中，千手观音常以四十二只手来象征千手，手中各长有一眼，如果实长在树枝上。当她张开手的时候，就像打开安装在世界各地的摄像头开关，地球上的各个瞬间皆在她的掌握之中。不过能看到这么多，我们总担心不是让她洞悉，而是让她迷失。就像现在的互联网，地球上前一秒发生的事，在下一秒就会被我们知道。过去亚历山大把自己视作世界的圆心，而今，人人都是圆心，就像上帝（像千手观音）一样，圆心无处不在，却看不见圆周。

看到这么多，以使我们到了无法判断的地步；停息更新得这么快，以至于来不及判断就被新的信息覆盖了。世界成了一条奔涌不断的河流，而我们是那个在河岸呆若木鸡的人。

手这么有用，我们的身体却没有让它长上那么多，因为节制是世间最后的一条原则。况且，手代表着向外，获取，运动，而我们必须留给身体以安静的时间，修补的时间，沉思的时间，手就是我们向他人、向世界伸出去的触角，当我们的手向外摸取时，我们的大脑就不会向内绵延。在人体这架平衡器上，物理上的运动与心理上的运动永远是定量的，当这头太高时，那头就会低下去。所以隐修者希望藏起自己的四肢，他们十年如一日地坐在山洞里或者大漠中，为的就是能让另外那些看不见的四肢去往人类思考所能抵达的最远的大陆。

但是人类文明有一大半的功劳要归功于手。没有手的记录，我们的思考就不会在纸张下留下剪影，不会有图书馆，甚至不会有纸。文字是人们发明出来用于保存智慧和记忆的符号，而记录文字的，只有手。古代抄书者是离智者最近的职业,那时候,书还没有像现在这样既品种浩繁又无可计数,当时世界上最大的图书馆亚历山大图书馆的野心也不过要保存50万本图书,50万本,对于当时以手抄为录入方式的图书业来说已经是一个异想天开的计划了。拥有亚历山大图书馆的托勒密国王当时颁布旨令,凡是运到亚历山大港口的书籍都必须上缴、誊抄,等完了之后再将书还给主人。就是用这种方式,亚历山大图书馆收集了40万册图书,成为世界上数量最多、品种最齐全的图书馆。而今,华盛顿图书馆仅1988年就收到40万册书;在中国,2012年图书的品种达到了41.4万种,总册数为79.25亿册。古代抄书者穷经皓首,在阴冷的房间里,在阴暗的光线下,不过是为了让文字拥有更多的阅读者,他们通过手在岩石、羊皮、莎草纸上的移动来连接起散落在地球各处的文明血脉,并让它们处于搏动之中,这种笨拙而费时的方式,几乎可以取得与思考一样高贵而尊显的地位。为了加快抄书的速度,西班牙修道院的几个修士不得不动起歪脑筋,他们发明了"ň"用来代替经常出现的"nn",以至于后来字母"ň"竟成了西班牙语最有代表的一个特点。今天,79.25亿册书俨然不是手写出来的,但电脑录入仍旧由手来操作,仍旧是手,它以键盘作为递质,把我们凌乱的思考进行排序、分行、跨页,它抚摸着我们头脑里的那些电光火石,把它们变成文字,变成书。由键盘打出来的文字如许多年写用手写出来的文字一样,朴素、整齐、面目一致,但当它们被我们阅读时,它五彩的涟漪却在我们心间开出了最美的花。

屁股

1

严格来说，屁股在人体里几乎没有地位。乳房是一块有内容的凸起，而屁股只能通过联想来得到它应有的重要性：在性爱活动中，男人用它来联想女性性器官和性快感。屁股作为一块凸起的肉，有它全部的单纯和安全性，我们无须担心它会患病，无须担心它会像其他器官那样消耗身体里有限的能量，它在那儿，只为我们的身体增添一道婉约的风景。

屁股的形状就像一颗等待发芽的种子，放大的麦粒，或者豆瓣，在它小小的深处储存该物种全部的信息和智慧，至于它当中的那条裂缝，将会慢慢扩展开来，随着种子变大，裂缝变得越来越大。就像河谷那样，使两片叶子之间有了相守和等待，然后叶子又变大，掉落，长出枝条，长出更多的叶子，开出花，结出果子，最后，它重新俯下身去，变小，变成另外一些种子，钻入土壤。

屁股使我们的身体有了长时间折合的可能，我们用屁股坐在石板上，坐在椅子上，坐在床上，屁股让我们有了停顿的可能。这种停顿与睡眠身躺下的停顿不一样，用屁股坐着的时候，我们的神志没有离我们太远，我们清醒着，注视着，同时，还可以冷静地打量我们其余的身体。

我们一天当中会花很多时间在我们的屁股上，我们在它上面吃饭，在它上面交谈，在它上面阅读，在它上面写作，它支撑起我们大半个身体，把人体里重要的部分都沉沉地托起，它是我们身体的分水岭，上半身和下半身在这里衔接，在这个大关节上，我们看到眼前的世界矮了一半，因而也具备了可以凝视它的可能。

2

屁股所坐的地方因此也成了代表身份的重要处所：皇帝坐在独一无二的龙椅上以显示他至尊的存在；大臣们的椅子必须相向而列为的是在为国家提供决策时可以有正反两种意见并彼此关照；诗人的椅子在他的书房里必须与龙

椅一样孤独，因为任何创作作者都是唯一的；农夫可以将绵延的田埂作为他们的休憩之地，因为他们是数量上的作物，是以量取胜的生产力。屁股承受着各自阶层的重量，沉沉地落在它们应有的位子上。

  屁股承受着自己身体的力量的同时也承受着大脑沉思的力量。屁股并非仅仅一块肉。有时候我却会恶作剧地把它与大脑联系起来，把它作为头颅的对立物，把那些不擅思考的人称作"屁股长在脑袋上"。我们认为每一个大脑都必须勤奋，每一只屁股必须隐忍，因为几乎每一次思考，我们都是坐在自己的屁股上，屁股是大脑的一个架子，就像画家写生时撑在风景前的画夹。所以学校的教室都设置成一只又一只的座椅，图书馆里也是一排又一排的椅子，我们在宇航员的驾驶室里也安装椅子，甚至在厕所里，我们把便器也做成椅子的模样。可以说，椅子和床是我们两件最重要的家具，后者的设置是为了让我们不思考，休息我们的身体；前者是给我们一个思考的架子。

3

  打屁股作为一种体罚，长期以来都是一些国家固定的刑法条例。在中国古代，作奸犯科者常会领受这种体罚。通常执刑的狱差（一般为两个差人）在拾起县太爷掷下的打板子签子之后，会先将受刑人按住或绑在凳子上，然后由另外两个差人举起法棍（有的是用长约2米、宽10厘米的竹片做成），一边拷打，一边有节拍地唱数："一二三四五，皮肉受点苦。六七八九十，回去坐上席。再打二十板，郎中抢饭碗。"此类唱数词是一代一代沿传下来的，也有的是由执刑的差人临时编凑的。若打奸或盗的犯人，唱数词则是："昨夜搂着小娇娘，今天骑马（绑在条凳）上法堂。屁股挨了某十板，看你通奸不通奸。"而打盗贼唱的是："为非作歹做强盗，人人见了杀千刀。如不重打某十板，平民百姓气难消。"

屁股是一块肉，打得过重若臀部发生大面积的皮下淤血，会引起微循环障碍或局部组织坏死等严重后果。明代英宗时，山西左参政王某一口气打死了10个县令，创下了"死杖之最"。

日本有一个"打屁股邪教"，号称通过spanking（打屁股）可窥见对方的灵魂，同时也能驱魔。该邪教组织有40个女性成员，每次她们想看一看对方的灵魂时就使劲地打对方的屁股。就像我们使劲敲打树洞，就会跑出栖居在那里的一只兔子一样。

子宫

1

子宫是人类最早的地址。

子宫是人类最初的故乡。

说子宫是一个器官,其实它是一个真正的场所,空间,地理,家园。每一个人从这里出发,通过成长,到达他想去的各种远方。

子宫是起点,人们描述这个起点却显得词穷,因为在起点里面,人们几乎没有记忆,人们也不知道这座最早容纳自己的房子,它家徒四壁的设施,它的幽暗,它的恒温,它的柔软,以及它这十个月里在一些陌生之地的移动。作为房子,人的身体在这里得到充分的雕琢和打磨,先是头颅和躯干,然后是手、脚,手渐渐又分化出手指,手指上又长出柔软的指甲;在内部,身体也在雕琢自己,它给自己装上了胃、脾和肾，安上了小小的生殖器，给自己布置一些细细的血管和神经。当然，这一切只是粗加工，很多部件要到离开子宫后才能真正形成，有些细节需要考验后才能铸成，而有些缺损则必须时间来将它消除。在子宫里，身体不过是完成它的一个雏形，好使它运转起来。人体在这个时候，是某种确定无疑的混沌的结合物，一方面，它的宿命已经像秤砣一样沉下来；另一方面，它的很多器官却还在生长中。它的脸也没有个性，在子宫里，所有的胎儿长得都很像。

可以说，在每个成年女人的身体里，都悬着这样一座育婴房和人体雕塑工作室。女人带着她的子宫就像带着她内部的一个异体，因为子宫是幢独立的建筑，在建筑里面，它自身有一个可以循环的系统。同时，从问世的那一天起，这个系统就要和她脱离关系，经过产道那条又黑又长的弄堂，经过钳子、刀具的粗暴拨弄之后，这个系统来到一个充满空气和焦虑的世界门口；之后它被放到一个小小的托盘上，它的第一次思考就是关于怎么向世界表态，由于它掌握的动作技能和经验不多，它本来想对世界说"你好"，可发出来的声音是一阵令人头痛的长号。不过携带子宫的那个成年女人接纳了它，同时接纳它的还有在一边忙了好几个小时的医生护士和那几把钳子。就这样，一个生命开始了。

　　对于这个新生命自身来说，它也是一个异体。加缪在《西绪弗斯神话》里说：在一个突然被剥夺了幻象和光芒的宇宙中，人看起来是异邦的，是陌生人。他的流亡无法医治，因为他被剥夺了一个失去的故乡或一片应许之地的记忆。对于这个新生命来说，它是因为被给予了光芒和故乡而成为自己的陌生人的，它忽然发现，自己成了一个具体的人，有着具体的面貌，有着深重的呼吸，会哭，会笑，不久之后它还将掌握语言，以便同其余的人沟通。同时，光线让它看见了很多东西，每一次看见都是陌生的，每一秒钟看见的东西，一秒钟后就不一样了，也就是说，它看见的世界没有一秒钟是相同的。它生活在自己的异体里。关于故乡，那也是一个虚拟的概念，充其量它只是一个地址，因为对于子宫它没有记忆和幻象，它"失去"了故乡，在很长的时间里，它还将在种种危险的地方四处移动……

2

　　子宫的幽闭就是一幢建筑。

无论是把子宫看作豪华宫殿也好，世界上最简陋的房子也好，都是因为我们生命的最初十个月都是在那里度过的。子宫每次通常允许一两名房客入住，因为子宫有意培养人们对付孤寂的能力。子宫的房客有史以来，记录最多的是十五名，但由于营养不良，这十五名房客最后全军覆没，为了争取自己那点小小的生存空间而英勇捐躯。

1964年，巴西一名叫萨达路的农妇让这份纪录有了新的篇章，她在她腹内的方寸之地招待了十名顾客，八位女士和两位先生，并让他们幸存下来。十个月之后，这群活蹦乱跳的房客告别这座拥挤不堪的子宫房子，兴致勃勃地来到外面叩见他们举世无双的母亲。

3

我们在子宫里学会了很多技能：自我完善的能力，等待的能力，聆听的能力，自省的能力，独处的能力。这十个月，对于大多数人来说，子宫并非一间乏味的单人牢房，因为我们间接地在这里接纳着即将与我们晤面的世界：模模糊糊的光亮，隐隐约约的声音，若即若离的危险，我们注意力的重心每天被它们撩拨着，在撩拨之间，我们学会了倾听和等待，之后是想象的能力，超越自我的能力，以及在很久之后才会用到的面壁思过的能力。我们出去后并不是一直生活在人群里的，所以我们掌握这些技能利于同自己相处。特别是我们像接纳自己的肢体一样接纳了的孤独，我们必须对这样的一项能力进行确认，不论我们今后与谁走在一起，都避免不了这件装备，它们是造物主为我们定制的"皇帝的新衣"，只有我们的同类才能看到。等我们出来后，不论与谁相爱，我们与对方都不过是两支靠近的蜡烛，烛光可以合二为一，但之后其中的一支还是可以与另一支分开，我们与对方仍旧是两支蜡烛。越是深爱的人越孤独，因为深爱的人为了装上对方的形象，把自己都清空了，他（她）对对方的爱就像光，满到只有光了之后，就碰不到任何物体了，包括他自己。光此时犹如黑暗。

4

女人带着子宫，就像带着起点，开始，变化，带着一间会客室，带着纪念，带着更新，带着不可知，带着未来。在性交时，女人像场所那样是被动的；在孕育时，她就变成了主动，变成了一种功能，一个方法，一个渠道，一次出击。是子宫使女人成为一个保存和创新自然界的价值与能量的角色的，在这方面，男人则只是消耗，一个纯粹的消费者。男人的身体更像是一架机器，重复地、周而复始地运动，却不产生点什么。而几乎每一个女人都带着一个无限的宇宙，在她的身体里，有一扇朝向未来打开的窗户，不可计数，无穷无尽，它形状封闭，却不可丈量。

在人类的关系里，女人就是那样一种事物，她是一种装饰物，丰富，被动，容纳却又不融合。在男人的生活中，奥克塔·维奥·帕斯在《孤独的迷宫》中形容美国的墨西哥气味，她"飘荡，却不反抗；它被风吹着保持着平衡，有时像云雾一样消散，有时像升天的火箭一样突现出来。它匍匐，重叠，膨胀，收缩，入睡或进入梦乡，支离破碎的美。飘荡：不停地存在，不停地消失"。

子宫，让女人不停地存在，不停地消失。子宫让人类不停地存在，不停地消失。

牙齿

1

牙齿是我们人体里唯一的物种。

与植物不一样的是，牙齿不需要种子，它在我们出生后自己从牙龈上破土而出，朝着它注定要抵达的方向抵达。这在最初阶段看来，它像是我们口腔里生长出来的一个赘物，又野蛮又盲目，它慢慢顶起牙龈，拱起那一排粉色的肉，然后一点点探出白森森的身子，它的存在使我们的口腔变得像是一道弧形的田埂，在它几十年有限的时间里，等待着一场命定的失败的收成。但这只是一次笨拙的演习。在三岁之前，我们嘴巴里这些首次冒出来的小小的牙齿（二十颗）是一队注定要牺牲的侦察兵，它们品尝了食物最初的滋味，然后就一个接一个告别了人体的舞台。再次亮相的牙齿比那些侦察兵要结实，个儿也更大，它们依据自己所处的位置长出了不同的形状,例如门牙(学名叫切牙),呈扁方形,就像一只小小的铲子;处于转角的侧切牙有点小小的弧形;尖牙锋利,通常吸血鬼外露的那两颗牙齿就是尖牙;最后是磨牙,人体里的磨盘,共八颗,两边各四颗。至于智齿,有无视人而定。智齿要到二十岁之后才会长。也就是说,牙齿第二波的生长要持续二十年多年。

牙齿是岩石与植物在人的口腔里投下的不协调的重影:牙齿的坚硬如同矿物,它犹如地球在造物时飞溅进人嘴里的一粒粒小小的石头;牙齿的生长过程又逼真地模拟了地球上几乎一大半的植物。在牙齿上,我们统一起了整个宇宙:动物、植物和矿物。牙齿就是这些地球存在物在我们人体上的一个交叉,一排重影和一连串的歧义。

牙齿和乳房、生殖器、体毛一样,以其滞后的成长,将我们的身体定义成了一件半成品,如果再加上那些不断分裂不断死亡的细胞,我们的身体几乎可以说一直是一件未完成的作品,各种组织和器官不停地在它身上增加各种可能性,它们以新生、死亡、变形对它进行没完没了的雕琢和打磨——只有死亡才能结束这一切,也就是说,只有在死的那一刻,身体才是一件大致算得上是完成的作品。这个过程使我们的身体显得并不是一件静止的物品,它消耗着自己，又再生着自己，在几十年的时间里，它忘我而固执地自我否定着，使我们只能模模糊糊地将其辨认为它们是我们的身体——现实也是如此，当我们八十岁的时候，我们只能勉强地将一张旧照片上八岁的自己指认为"我"，因为照片下方父母当年的署名让你无法回避这个事实。而在外观上，当年那个噘着嘴、扎着头角辫的女孩与一个皮肤紧缩头发花白的耄耋老人已经完全是两个人了，我们软组织上的大部分细胞都已经被替换掉了，毛发不再是当年的毛发，指甲不再是当年的指甲，血管也一样——我们在肉体上建立起了所有的不确定性和易变性，我们不得不承认，所谓"人"，只是一个连续的概念。而在这之间，牙齿是唯一一个比较确定的器官，当乳牙掉落之后，新长的恒牙在我们的人体上存在的时间可以坚持到我们生命的最后。在我们死去很多年之后，我们的同类还也能从腐烂得极其缓慢的牙齿上找到我们的基因，他们在实验室的试管里确认了我们——在我们活着的时候，我们只习惯于用镜子和日记来确认自己。

2

牙齿对于许多动物来说，是一件具有多重功能的装备，可到了我们人类这里，却只剩下一个用以切碎食物的功能。我们把牙齿深藏在口腔里，尽量不让它显示出来，因为我们头脑中还残留着它作为武器这一角色的记忆。我们发明的许多工具一方面保护了我们的身体，另一方面也弱化了我们的身体，牙齿作为武器，早已在敌人侵犯我们之前就已嚼碎了暴力的功能，变得温顺，整齐，清洁。它齐聚在一起建立起一座美观而非残暴的工作台，一天中，至少有三次会让各种食物通过它们，那些食物，在到达它们之前就已经被精细烹饪过，所以不费什么力气就能让它们滑入食道。为了更有效地切碎食物，牙齿一度克服了重力，从上面往下又长出了一排牙齿，这样，它们就能通过上下夹击的方式，将食物牢牢地控制在它们的缝隙间。后来，人们仿照这种造型发明出了很多工具，如拉链和订书机。

3

在人体中，牙齿唯一的近亲是骨骼。它们都坚硬，结实，淡色，主要成分都是钙。但与骨骼相比，牙齿缺乏一种整体性，它只是人体一个小小的局部，是骨骼遗落在口腔里的一串省略号；牙齿缺乏连贯性，它在人体其他部位没有响应也没有续集；当然，牙齿也缺乏像骨骼那样大小齐具的丰富性。牙齿嵌在粉红色的牙龈上，像一排出鞘的被用钝的刀具，但与真正的刀具相比，它缺乏锋利性，缺乏进攻性；与骨头相比，它又缺乏沉默和从容的力量。无论作为工具还是武器，牙齿都是一个尴尬的存在。随着使用次数和时间的增加，牙齿还会慢慢变得发黄、破损，掉落，以至在最后让人体丧失了最初的尊严。

4

牙齿是人体器官上唯一能让人看见的"硬件"，但就像电脑，硬件在很多时候可以忽略不计（这点对大象来说另当别论，大象特别是公象以象牙论尊卑，一副漂亮的象牙可以为雄性增加不少的性魅力）——那些可以不断更新升级的软件才是一台电脑的核心所在。那么，牙齿在人体上的反义词必定是这些：大脑、心脏、肺、肝、脾、肾、肠……几乎其他内脏的存在都可以作为牙齿的反对物。牙齿被我们的人体视作一个低级的器官，因为它是消化工序上的第一道流程：把食物切碎了这样一个功能远远不能与从食物残渣中分离出蛋白质和糖分那样高级——在我们的观念中，人类肯定是先掌握物理方法，再进化到化学方法的，因为物理过程只是改变物体的空间和形状，而化学过程却可以产生新东西。在这个意义上，胃与肠都是一架提供化学反应的机器，它们在人体中制造出一个微观世界，它们辨认出分子，合成新的分子；而牙齿，只是让世界成为一些难看的碎片。

5

我们把口腔视作人体里的一个生境，把上颚辨认为天空，把牙床指认为大地，把牙齿视作丛林，而舌头是某种穿梭其间的智人——一个口腔的生机全凭舌头在里边的活动：舌头能够点燃语言，可以帮助恋人接吻，可以辅助牙齿切割食物……舌头是人体嘴巴里唯一有意思的活体。但事实上在牙齿的丛林里，还生活着一群颇具破坏力的丛林动物，我们把这群看不见摸不着的丛林生物叫作"牙虫"——这些以虫子为名而行虚拟之体的"牙虫"神出鬼没，以疼痛作为机制让我们感觉到它们的存在。它们吞噬和消化着坚硬的牙床，让以后假牙作为一种模仿物具有了一种合法而有用的地位。

背

　　背不是一个器官,是一个地域。

　　我们把眼睛看不见的躯干都叫作背。背作为我们的后面、反面,是人体上一个较为次要的平面,它隐约起伏,拥有一种生硬的婉约。我们把重要的器官都分布在我们眼睛能看得到的腹的部位,是为了能够更好地对此加以保护和防卫,我们把疏忽留在了背面,把休息和支撑也留在了背面,因为我们只有两只朝前看的眼睛,出于精简的需要,我们也只有两只可以用来自卫的手。

　　背与腹成为我们身体上的两个明显的反义词,它们在我们身上对立并置着,把多元的世界变成了简单的两极,从此,我们得将事物进行如下的分类:前面、后面,正面、反面,上面、下面,柔软、坚硬,拥挤、空旷,敞开、关闭,聚焦、分散,正确、错误……它们彼此吸引、组合、打磨,成为一对对甜蜜又斗争着的伴侣。

　　正是背,让我们的身体有了方向,背以它的存在帮我们确认了前面和正面。背也使我们觉得，我们的身体似乎并不是立体的，就像一片树叶，我们只能观赏它的两个面向。我们的侧面乏善可陈，我们几乎不承认身体有它的侧面，侧面的存在仅仅是为了维持身体的厚度。至于我们认为更为次要的背面，它一马平川，就像一尊被时间磨平的浮雕，隐隐可见脊柱和肋骨以叶脉的走向贯穿了我们的颈部和臀部，在肋骨的栅栏里面，所有重要的器官一律以背对的姿势远离我们。我们视觉上的缺陷必须有一个弥补，背就是我们的弥补，我们看不见后面的世界，于是我们牺牲了身体整整一个面向的空间来让我们专注于前面那些更重要的危险和诱惑。但实际上背并不像我们以为的那样次要，比如，匍匐在我们背上的脊柱就很重要，虽然它是众多骨骼中的一截，但它却是人体重要的造血器官。我们的背部因为它的存在而变得需要格外的保护，我们不能随心所欲地折叠我们的身体，它的柔软里有脊柱的硬度。尽管如此，我们仍旧觉得背部是我们身体的一个休憩状态，它停止了那些大的起伏，向内藏起了脏器，成为我们身体的外部——一旦遭遇危险，我们会转过身或弓起腰，把背部挡在刀刃或枪口上，就像一只果实灵敏地把壳迎过去。背是身体的一面盾。

　　背部也是我们敛约的封底和负片；腹部是我们的封

面。而我们把与生殖相关的器官都放在了我们的前面,我们与人的相遇,就是封面与封面的相遇,与异性相遇更是如此。我们形容美丽的异性,多半是在形容我们的封面和前面。我们过于相信我们眼睛能看到的那部分,我们相信封面;相信表面;相信正面;相信乳房,相信肚脐眼,相信生殖器,相信那丛鬼鬼祟祟的阴毛,相信眼睛,相信鼻子,相信嘴唇,相信耳朵,相信脖子,相信胡须,相信头发;唯独不那么相信背面。纪德在《地粮》中告诫人们:要让重要性在你自己的目光中,而并非在所看到的事物上。我们觉得重要性都在我们的正面。要让目光变成有鉴别力的工具,变成对重要性和重要事物的嗜好,这对我们来说太难。要让目光一瞧见背,就看出我们身体里所有的内存和秩序,看出心脏的搏动对于灵魂的重要性,看出血液的奔腾对于激情的重要性,看出骨骼的坚硬对于节气的重要性,看出嘴巴的嚅动对于真理的重要性……这对我们来说太难。"一条变黑的街道的知觉,急不可待地想要拥有世界。"(艾略特的诗)对于背来说,对于它自己乏味的表面,它同样有急不可待地想要拥有世界的欲望,事实上,它就是一整个身体,整个身体的世界,整个身体世界的结束之处。它也是镜子背后的水银。没有它,镜子便会失去光泽,失去深度,失去奇迹,失去我们所有的反面。

胆

胆在勇气和愤怒这两样事物上给予了我们以物质上的支持，就像大脑在对智力和思考这两件事上提供了物质上的证据一样。我们很少知道胆其实是一个消化器官。它张冠李戴的功能使得其有幸在人体中具备了名不副实的重要性——我们经常提到它：胆量，胆识，胆敢，大胆，胆小，色胆包天。勇气在我们看来就像是公路上看不见的油箱，疾行需要它来提供动力。一个懦弱的人就是一辆断油的汽车，没有勇气，就没有行动，没有对峙，更没有远方。

我们知道身体的狭小，所以在抒情时从不越出心脏的轮廓；但在行动时，我们却将整个宇宙都当成征服对象，当成我们身体无尽的外延：为了获得更多的猎物，我们走出了安全的山洞并不惜置身于豺狼的注视和咆哮中；我们冒着被食人肉的危险访问了别的部落，只为能与他们共享一片雨林并娶上酋长的女儿；我们克服晕船、败血症和被风浪吞噬的危险，跨越海洋去学习和适应另一片大陆令人晕眩的语言、气候与令人不可思议的风俗，为的是去验证我们心目中一直存在的远方；我们克服重力，研究地球上所有的矿物和原子结构，并一路带着恐高症飞奔月球，是想知道天空到底有多大；此外，我们还打算克服衰老，挑战黑洞，进入没有氧气没有时间的宇宙去寻觅外星人，是因为我们发现了无限，这才是我们最大和最难征服的敌人……这一切，都是因为我们有一个胆。

　　胆在体形上非常微小，它以一个袋状物与肝紧密相连，基本造型为一个中空存储着黄绿色胆汁的囊状器官。它平庸的外形似乎并没有向我们发起任何邀请，实际上它的功能也相当平庸——不过是帮助人体把不溶于水的油脂乳化乳液，以便吸收——这一功能对那些嗜肉者似乎更为重要。在它的消化系统家族里，胆只是一个小角色，它没办法因此而邀功领赏，当我们抚摸我们的腹部时，我们也无法触摸到它起伏的几乎可以忽略不计的领地。

　　胆有一对双生子，胆结石和胆量。前者有切实可行的外表，它以病理的方式存在于我们的身体里；后者却是一种虚拟的存在，它认胆为养母。胆结石是宇宙结在我们身体里一颗早熟的果实，在我们身体其他部分还没变成岩石和土壤之前，胆先一步为我们做出了表率，当胆囊发炎后，胆汁会析出、沉淀、结核，之后形成一串石头一样的物质。胆结石与岩石里应外合，向我们讲述着关于宇宙的古老神话：你必汗流满面才得糊口，直到你归了土，因为你是从土而出的，你本是尘土，仍要归于尘土（《圣经》）。《圣经》说得好，不管是在这个尘世为糊口而奔波的穷苦者，还是坐拥天下的富贵者，我们都不过是土壤和岩石的短暂化身。身体的最终形式是尘土和岩石，宇宙也来源于尘土和岩石。我们几十年所谓生的时间，不过是宇宙借我们身体的花粉来为永恒和无限授精，我们与动物只是这个星球上开出来的一些短暂而千奇百怪的花朵，而静默的岩石才是宇宙最终的果实。我们已经在佛教中确认了这种永恒。成为一些石子，即舍利子——在涅槃的烈火中为肉身留下证据的高僧的结晶体，是我们修行最高境界的一种证明，即我们能够达到的"不灭"。佛祖说，我们若能放弃人世间的各种欲望，身体便可以摆脱轮回达到永生。佛祖教我们通过抛弃和逃避来得到人的自由与永恒。墨西哥诗人帕斯说，遁世者（主要指佛教徒）、艺术家和革命者对待世界和自由的方式耐人寻味，遁世者是通过抛弃世界来得到自由的，艺术家是通过嘲笑和藐视世界的方式来寻求自由的，革命家则是通过反对世界来追求自由的。有种说法认为佛教所追求的人的永恒的物质标志其实不过是成为一串胆结石,在火化后的余烬中,向人们闪烁出天堂那微暗的若有似无的光芒。而现代医学则证明,常年食素者特别容易患上胆结石,禁肉多年的和尚多半有胆结石,甚至是在家修行仅一年的居士也会出现胆结石症状。高僧们平时活动量较小,终日静坐参禅,饮水也较少,是胆结石的易感体。医学将佛学无情地赶下了圣坛,在科学与神学之间,信徒们只能为此买一次单。

在时间与空间之无限为我们构成的混沌中,我们深感无措,我们对付无措的方式就是将世界数字化,我们把时间分成365天、12个月、24小时、60分、60秒;我们给空间规定了单位:光年、公顷、公里/平方公里、米/平方米、厘米/平方、分米/平方分米、毫米/平方毫米、微米/平方微米、纳米/平方纳米;此外,我们也给重量、力量规定了尺寸,我们甚至还把一些抽象事物也量化了。胆量就是在这种情况下问世的。我们以为胆量,也就是勇气,有一个容积,像空气一样充溢在我们的胆里面并随时为我们所取用,胆量变大时,我们成了一些带翼的造物,驰骋在各种艰难的领域,并进行冒险的尝试。上述那些开疆拓土者、漂洋过海者、探求外太空者都是因为我们人类有一个大的胆量。在构成我们文明的这个庞然大物之中,胆量是我们的左翼，智慧则是我们的右翼。但若胆量小——我们也有胆量小的时候，我们将世界缩小为自己的身体那样的尺寸，我们在我们的身体里观看、踟蹰，我们害怕任何形式的行动和失败，我们把宇宙视作初始，视作子宫，像沙子顺从沙漠一样顺从我们卑微的命运。

肝

1

肝仿佛有一个孪生兄弟,肝胆相照、披肝沥胆,说的都是在人体里,肝和胆之形影不离,坦诚相待。肝有分泌排泄胆汁的功能,也许正是因为这个原因,肝和胆成为人体里两相关照的器官。

在人体那个类人类的世界里,肝和胆都是侠客,管理着人们的情绪和勇气。正如大脑是学者,管理着智慧;嘴巴是演员,管理着真理;心脏是长官,管理着秩序;血液是马拉松运动员,管理着交通;屁股是海关,管理着出口;手和足作为苦力管理着搬运一样,肝和胆在它们几十年的职业生涯中,秘密地为我们行侠仗义,排除异己,以便让身体成为一个安全的系统。在生理学上,肝的保安职能主要在于它的解毒功能——当外来或体内代谢产生有毒物质时，肝会在自己的领地内对其进行解毒或将其变为无毒与溶解度大的物质，之后随胆汁或尿液排出体外。但我们更多的是将肝当成情绪的烟囱，例如，一个人因怒而生气时，肝就开始行使它的职能。怒气，就是从肝里冒出来的烟霭。

2

如果说血液有一个开始的地方，那就是肝。在肝的工坊里，它为人们制造出了最早的血液，在胚胎和婴儿期，它就为我们生产了红细胞、白细胞和血小板等各种血细胞，之后，它就将这项功能移交给了骨髓、胸腺、淋巴结和脾。但我们却不大记得这段历史。我们记得的都是它所扮演的各种感性的情绪角色，例如上文提到的生气的角色。悲伤的角色——肝肠寸断——肝有一颗善感和脆弱的心；爱的角色——心肝宝贝——它与并不紧邻的心脏一起，构成一对让人怜爱的组合。但实际上人们并不会真的像爱惜心脏那样去爱惜它。肝脏的劳工外形和它在身体里所栖居的地段都不能让人们真正去疼爱它。人们之所以爱惜心脏，是因为我们经常将心脏看成我们的生命之门，一旦合上我们在这个世界上的旅程就将结束。同时，我们还以为可以通过心脏这扇门看到别人的门,每一扇心脏的门都对一些人打开而对另一些人关闭;每一扇门背后都有另一扇门,更多的门,这些门构成我们无法穿越的迷宫。但我们却只把肝当成这扇门内一件普通又具体的家具,它的功能仅仅是排除那些危险分子和异己分子,它站在那里,严谨,灰暗,无名。

只有在古代,也只有在古代,人们才偶尔予肝脏以一些特殊的能力。在美索不达米亚平原,人们用动物来献祭,占卜者和魔法师通过观察动物的内脏来预言凶吉,此时,肝脏的形状被认为可以揭示人的命运。命运这趟从一出发就不知其终的短途列车就这样被定格在这枚小小的肝脏上,让肝脏有些不忍其重,但这样来看世界看人生会让人得到些许安慰。当我们拿着肝脏那张并不准确的导览来继续我们后面的行程时,我们至少可以对自己和他人以些许宽容:有一些错误在我们出发的时候就标注在导览地图上了,它是一个存在的景点我们无法避免,不必自责,也毋庸后悔;我们的绝望不会太久,因为好运就在拐角等我们。命运不会是一张单调地图,不会只是平原,不会只是高山,也不会只是湖沼。